さよなら私のドッペルゲンガー

新田 漣 Ren Nitta

アルファポリス文庫

https://www.alphapolis.co.jp/

プロローグ

初恋の相手は、夏に消えた幽霊だった。

瞼の裏側で描いた記憶は眩しくて、直視するにはいささか青い。けれど、絶対に忘れてはいけない日々。

俺は感傷を振り払うように、首から下げたカメラを構えてシャッターを押下する。切り取られた如意ケ嶽（にょいがたけ）の中腹には、たくさんの火床が大文字に並べられている。これらは数時間後に点火され、京都（きょうと）の盆の風物詩と化す。ふと耳をすませば、喧騒が遠くにあった。鴨川デルタの周辺は早くも賑わっているようだ。

高揚感を原動力にして、俺は自転車のペダルを踏み込む。橙色（だいだいいろ）に染まった川端通（かわばたどおり）には、どこまでも夏の匂いが漂っている。

きっと俺は、何年経ってもこの場所に帰ってくるのだ。

そんな予感を胸に秘め、向かい風を吸い込むと、小さな虫がするりと鼻腔に侵入した。

「ンガァフッ！」

自転車を止め激しく咳き込む。不意を突かれ、鼻の奥地まで開拓された。

胃を吐き出す勢いでえずいていると、涙で滲（にじ）む視界に小学生とおぼしき少年を捉えた。突如豹変した俺の様子に恐怖を抱いたのか、表情が引きつっている。紳士として、若い芽に不安を覚えさせるのは本意ではない。無事をアピールすべく、鼻息で虫を吹き飛ばしてみた。

「う、うわぁぁっ！」

少年は悲鳴をあげながら一目散に逃げていく。どうやらまだ、大人の魅力が理解できる年齢ではないらしい。ひと夏の思い出だと割り切って成長してもらうしかない。そんな発展途上の小さな背に暖かい眼差しを送ってから、ゆっくりと視線を空に移した。

今の出来事も、彼女は俺が大好きな笑みで眺めているのだろう。先輩は変わってないですね、なんて生意気な評価を口にしながら。

「……そんなことはない。男子三日会わざれば刮目（かつもく）して見よってな」

俺はにっと口角を上げてから、再び前を向く。広がる夕景は、あの頃と何も変わらない。今年もまた、大好きな季節が巡ってきたのだ。

第一章　馬鹿と殺意とドッペルゲンガー

「お願いします、私を殺してください」

澄んだ声が、俺の部屋に一つ響いた。

それはあまりにも突飛な願いだったが、少女の瞳から迷いは窺えず、ただならぬ覚悟が伝わってくる。真一文字に結ばれた薄い唇は、決意の表れであろう。

ともあれ、まずは現状の把握が先決だ。

むさ苦しさが否めない真夏のワンルーム。カーテンレールには洗濯物が吊り下げられ、過労死寸前のクーラーがごうごうと唸りを上げている。そして俺は、パンツ一枚のあられもない姿。そこに、同い年くらいの美少女が突然現れたのだ。

この状況下で放つべき最善の言葉は、これしかない。

「……服を着る時間が欲しい」

「宣言しなくていいので、早く着てください」

「あ、はい」

普通に注意されてしまう。どうやら、最悪の選択肢を選んでしまったらしい。俺は言われるがまま、パジャマを乱雑に掴み取った。もぞもぞと袖を通しつつ、小柄な不法侵入者を観察する。

真っ白な肌に、ほんのりと紅潮した頬が映える。くっきりとした紺碧（こんぺき）の瞳は、見つめるだけで吸い込まれそうだ。艶のある黒いボブヘアーも、少女のやや丸い輪郭とマッチしている。

まるで、童貞の妄想が具現化したような美少女だ。

「私の顔に、何かついていますか？」

身に纏う服装もポイントが高い。白のワンピース自体はシンプルなアイテムだ。だが、どこか奥ゆかしい雰囲気が漂う少女の魅力により、見事に昇華されている。弘法が筆を選ばないように、美少女もまた服を選ばないのだろう。

「あの、あんまりジロジロ見ないでください……」

少女が眉を顰（ひそ）める。それさえも照れ隠しの演技に見えた。

殺してくれなどと言っているが、目的は俺だろう。恐らく、脱兎（だっと）の如く家路を急ぐ俺の姿に惚れ込んだに違いない。古来より、足が速い男はとにかくモテるとされている。

『走れメロス』が老若男女（ろうにゃくなんにょ）に愛されているのも、ひとえに足が速いからだと睨んでいる。

「な、なんですかその目は」

男の家に単身で乗り込むのは、さぞ緊張しただろう。こうして顔が強張るのも無理はない。高校生活二年目の夏にして、ようやく春が訪れました。ありがとうかみさま。

「そこの少女よ」

「は、はい」

「写真は何枚撮っても大丈夫だから、遠慮なく」

「あ。違います。ファンとかじゃないです」

俺の言葉を手で遮るようにして、少女は主張した。おかしい、話が違う。

「じゃあ、なんで俺の部屋に」

「最初に言ったじゃないですか、すかぽんたん」

「……すかぽんたん」

「墨染郁人（すみぞめいくと）さん、貴方を頼ってきたんです。私を殺してもらうために」

少女は控えめな胸をむんと張る。だが、そうはっきりと言われても、俺はこの少女と面識がない。殺してほしいと頼まれて、わかりましたと請け負う伝説の殺し屋でもない。

照れ隠しだと思っていたが、どうやら本当に殺害をご所望らしい。美少女に協力するのはやぶさかでないのだが、あまりにもぶっ飛んでいて脈絡がない。

一体どういうことだろうか。

話は見えないが、僅かな情報から答えを導き出すのは、俺の得意とするところだ。言葉とは、得てして額面通りに受け取ってはいけない。少女の意図をしっかりと汲み取る必要がある。

俺はしばし熟考し、結論に辿り着いた。

「つまり、俺の魅力で悩殺しろってか……？」

「他の人を当たりますね」

「待って待って」

反射的に止めてしまう。何がなんだかわからんが、この夏一番の暇つぶしになりそうな予感がぷんぷんと漂っている。これも一つの縁だろう。とりあえず謝罪を挟み、事情を聞くことにした。

「では、どこからお話ししましょうか」

「生い立ちから恥ずかしい初恋まで、何でも聞くぞ」

「……要点だけ話しますね」

「あ、はい」

じとりと睨まれ、得も言われぬ圧力が皮膚を突き刺してくる。俺は大人しくあぐらを組んで、言葉の続きを目で促した。

「実は私、もう死んじゃってるんですよ」

「でしょうな」

「あの、感想が薄くないですか？」

少女はわかりやすく困惑した様子を見せる。

とはいえ、最初からわかりきっていた事実だ。少女の姿は半透明だし、いきなり俺の部屋に現れた状況から察しても、この世の人間でないのは明らかである。

「私……幽霊なんですよ？　もっとこう、驚かないです？」

「生きていれば、こういう出来事も多々あるよな」

「私が言うのもなんですけど、超絶レアケースだと思います」

呆れた口調でツッコミが入るが、ここは古来より鬼や式神が駆け回る京都の町だ。少女の幽霊が現れたとしても、不思議でもなんでもない。それに、ノリで生きる男子高校生にとっては許容範囲内だった。

「まあ、君の正体はさておき……殺してほしいっていうのは？」

「私は、私に殺されたんです。だから、私を殺してほしくって」

「……なぞなぞか？」

「違います」

瞬時に切り捨てられたが、俺の疑問は至極当然だろう。

「すまん。何がなんやら」

「わかりにくいと思うのですが、本当に私は私に殺されたんです。墨染先輩はドッペルゲンガーを知っていますか？」

「ああ、ドッペルゲンガーね」

俺は重々しく頷く。

自分自身にそっくりな容姿をしており、本人がそれを見ると死に至ると言われている存在だ。ドッペルゲンガーは死んだ人間に成り代わった後、何食わぬ顔で生活を続けるようだ。大抵は幻覚の症状として片付けられてしまうが、エイブラハム・リンカーンや芥川龍之介（あくたがわりゅうのすけ）などの著名人が、ドッペルゲンガーを目撃した記録があるらしい。

頷いてみたものの、よくわからなかったのでスマホで調べている。

エイブラハムが何か知らんが、アメリカではさぞかし有名なハムなのだろう。なんせアメリカは肉の国だ。全ての牛肉は、アメリカから輸出されているとテレビで聞いたことがある。

「待てよ。じゃあ黒毛和牛も、本当はアメリカなのか」

「何の話してるんですか」

「ドッペルゲンガーの話だけど」

「私たちの共通言語って、日本語で合ってますよね？」

「うぇ……っぐ……」

「な、泣かないでくださいよ！」

あまりにも切れ味が鋭すぎて、思わず本気で落涙してしまった。干してあるタオルで涙を拭い、息を整えて再び少女の前に腰を下ろす。

少女の瞳が俺を値踏みしている気がしたので、適当に話すのは終わりにして真面目に考えてみる。

少女の状況と繋がる情報は、ドッペルゲンガーを見ると死に至る点だろう。わざわざこの話を持ち出したのは、意味があるはずだ。つまり。

「……君が死んだのは、実際に見てしまったから？」

「そうです。何もかもが一瞬でした」

「じゃあ、私を殺してくださいというのは」

「私の姿を模倣した、ドッペルゲンガーを殺してほしいんです」

少女の発言の意図を理解した途端、俺は返す言葉を失ってしまう。静寂に包まれた部屋は、まるで現実から切り離されたかのようだった。

「呆気ないものでした。次に目が覚めたときには、この身体になっていたので。それだけなら、まだ良かったんですけどね。宙に浮かぶ私の下で、私じゃない私が家族と笑っているんです。そんなの……いくらなんでも納得できないです」

少女の声が震える。歯を強く食いしばっているのだろうか、何かが欠けるような音が鳴った。

「ワケもわからないうちに、人生を奪われちゃったんです。それが、たまらなく悔しいんです。だから、私を殺してください。私と同じ姿をしたドッペルゲンガーを！」

その叫びで、少女の身に起きた惨劇をありありと想像してしまった。

ドッペルゲンガーに殺され、自分の居場所を奪われた挙げ句、幽霊となった顛末を。

俺を真っ直ぐに見据えた瞳に、嘘はなさそうだった。

「……どうして、私だったのでしょうか」

その問いかけの答えを、俺は持っていなかった。

少女が大粒の涙を流す。理不尽に命を奪われたばかりか、自分ではない何かが自分として人生を歩んでいる。誰だって、そんな状態を受け入れられるはずがない。

少女の心中を慮るが、俺ごときでは到底理解できない絶望を抱えているのだろう。少女の頭を撫でようとした手は、虚しく空を切る。

もう誰にも、撫でてもらえないのか。

その事実に気づいた瞬間、胸の中に得体の知れないやるせなさが広がった。

「私には、夢がありました。そのために必死で勉強した……なのに、なのに。私じゃない私が、のうのうと生活してるんです！」

憤怒。嫉妬。絶望。羨望。怨嗟。激情。

ドス黒い負の感情が少女の周りで渦を巻き、身を切り裂くような空気と化して部屋中を駆け回る。本棚が揺れ、写真立てが弾け飛ぶ。さらにはベッドの下の秘蔵文庫まで舞い上がり、俺の顔面に貼り付く大惨事だ。

「ストップ、ストップストップ！」

宙に浮く少女の顔を見上げるようにして、俺は言葉を続ける。

「君の事情はわかった」

これ以上、絶望の海に沈む少女を見過ごせなかった。

出会って間もないとはいえ、会話を交わしたのならばもう友達だ。ノリと勢いで生きる高校生にとって、友達の定義なんてそんなもんだ。

そして、友達の涙を放っておくなんて選択肢は、高校生には存在しない。

少女を救えるかどうかはわからない。けれど、この衝動に身を任せないと後悔するのは確かだ。

「一人で背負わずに、俺にも背負わせろ。ドッペルゲンガーを殺すかどうかはさておき、まずは一緒に作戦を立てよう。殺害に踏み切る自信はないが、必ず別の手段があるはずだ。それを探すことは俺にだってできる」

俺は満面の笑みを作り、拳を突き出す。

「やってやろうぜ、相棒」

少女がゆっくりと顔を上げる。その目は真っ赤に充血していた。

「なんで、そんな簡単に決めちゃえるんですか」

少女が震える声で俺に問いかける。協力を願ったのは彼女なのだが、それを指摘するほど野暮ではない。不安定な女子に必要なのは、包容力と愛の言葉だと有名なホストが言っていた。

俺はなんでもないように、笑ってみせる。

「だって、泣いてるし」

「おかしいですよ。そんなの」

「この世に幽霊が存在するなら、それを助ける高校生がいても不思議じゃないだろ」

俺の軽口に、少女は「なんですかそれ」と吹き出した。

「ってことで、これからよろしくな」

「……絶対に、後悔しますよ？」

確かめるように少女が呟く。ここで見捨てるほうが後悔するのだが、真正面から伝えるのは少し恥ずかしかった。俺は頬を掻き、あくまでも軽薄を装う。

「なんとかなるでしょ、だって夏だし」

少女は目を丸くした後、堪えきれないといった様子で破顔した。

「変な人ですね、本当に」

そう言いながらも、ドス黒いオーラはいつの間にか霧散している。

自他共に認める馬鹿と、幽霊になった美少女。この世には、八百万の神々のもとに様々な縁が存在する。俺たちがどのような奇怪な縁で結ばれたのかは、神のみぞ知るところだ。

それでも俺は、胸の高鳴りを感じていた。

俺たちは気分転換を兼ねて、夜の町を散歩していた。時刻は二十時前。梅雨真っ只中の京都だが、今夜は比較的涼しく、ふらふらするにはちょうどいい。

仕事帰りのサラリーマンとすれ違ったタイミングで、豚骨スープの蠱惑的な香りがふわりと漂ってきた。俺が居を構える一乗寺近辺は、ラーメン屋がとにかく多いのだ。

「なあ、ラーメンについてどう思う？」

「えっ、なんですか？　いきなりすぎません？　まぁ、好きですけど、どちらかといえば……うどんが好きです」

「お。俺の実家は香川だぞ。うどんの国だ」

「そうなんですか？　聖地じゃないですか！」

小麦トークで目を輝かせる幽霊少女は、名を白谷凛というらしい。

凛の姿は俺にしか見えていない様子なので、ハンズフリーで通話しているふりをして誤魔化す。

「香川の人って、やっぱり毎日うどん食べるんですか？」

「俺は週に二回くらいだったな。そんなに食わん」

「意外です。お弁当もうどんかと思ってました」

こんな調子で、俺と凛はだらだらと雑談のラリーを続けていく。

凛は最初こそツンツンとしていたが、小ボケやツッコミを挟んでくるタイプで、意外と絡みやすい。これなら仲良くなれると踏んで、「凛たん」と呼んでみたら、それはやめてくださいと一蹴された。真面目ガールとの距離感は難しい。

とはいえ、この散歩の目的は交流ではない。そろそろ本題を切り出してもいいタイミングだろう。俺は凛に視線を流し、あくまでも軽い口調で質問した。

「なんで、わざわざ俺を頼ってきたの？」

「え、えーと、それはですね」

凛は答えにくそうに、視線を逸らす。普通に考えれば、こんな見ず知らずの馬鹿を頼るより、親や友達を頼るべきだろう。

「やっぱり、俺のファンなのか……？」

「本当に違うんで、二度と言わないでくださいね」

「あ、はい」

俺が押し黙ると、凛は観念したように口を開いた。

「私をよく知っている人だと、いざってときの決心がつかないでしょうし。それに……周囲を混乱させたくなかったので」

凛が述べた『いざ』は、言うまでもなくドッペルゲンガーの殺害を意味するのだろう。生前の凛を知る人間には、酷な話に違いない。

「あと、私は柳高校（ヤナコー）の一年生なんです」

思わぬ名前が飛び出した。柳高校といえば、俺が日々勉学に励む学び舎だ。一年生の凛は、後輩にあたる。

「私のクラスでも、墨染先輩は有名なんですよ」

「まさか、ファンクラブでもあるのか？」

「……ノリで生きている超絶馬鹿がいるという噂でして」

「一気に雲行きが怪しくなってきたな」

流れから察するに、どう転んでも好意的な意見は期待できないだろう。

「墨染先輩って、文化祭で校舎を丸焼きにしたんですよね」

凛は確かめるように俺の顔を覗き込む。

「それが事実なら、俺は今ごろ牢屋だ」

「あれ。じゃあデマだったんですかね」

「いや……近いことはした」

あれは去年の文化祭。

俺は悪友と共に屋上に侵入し、土嚢（どのう）を積み上げて小さな山を築き上げた。そして蝋燭（ろうそく）を大の字に並べ、拡声器でこう宣言したのだ。

『これが、柳高校の送り火だー！』

どうしても五山の送り火を文化祭で再現したかった。だからしてみた。もちろん、めちゃくちゃ怒られた。二週間の停学処分を食らい、田舎の母ちゃんは泣いた。

「私、その話を聞いてなんて馬鹿なんだろうって感動しました。だから、何かあったら真っ先に墨染先輩を頼るって決めてたんです。実行力が伴った馬鹿は無敵なので！」

頭上を一周するように凛が移動し、熱弁する。

褒められているようで、けなされている。だが、これで合点がいった。同じ学校に通いながらも面識がなく、ノリで何でもしてくれると噂の馬鹿は復讐劇にうってつけの人材と睨んだらしい。誰が馬鹿か。

「でも、初対面だよな？　なんで俺の住所を知ってたんだ」

「同級生が鍵アカで、墨染先輩の部屋番号を晒してましたから」

「待て待て待て」

「先輩のアパートって、有名ですよ？」

どうやら、俺の知らぬところで住所が共有されているらしい。郵便受けに変な手紙が届いていたのはこのせいか。そういえば、この前は生きた鯉が突っ込まれていた。もったいないので刺し身にして食べたが、しっかりと腹を下して地獄を味わった。

「墨染先輩は噂通りの馬鹿ですし、部屋は動物園みたいな臭いがして最悪でしたけど、信じて良かったです！」

ものすごく酷い評価を口にしながら、凜が満面の笑みを浮かべる。

俺は自分でも情けなくなるくらい単純なので、こんな顔をされると、住所なんて安いものだと思ってしまう。減るもんじゃないし。

「……まあいいや。頼ってくれてありがとう」

「はい。これで私たちは共犯者ですね」

そう言いながら、凜はぺこりと頭を下げる。

部屋で見せた闇の深さと、今のような明るい表情。相反した要素が目まぐるしく切り替わる姿に、どこか歪な印象を受けた。

人間としての死と、霊体としての生。凜の魂はこの狭間で、大きく揺れ動いているのだろう。それならば、俺はできる限り馬鹿に徹し、彼女を明るくしてやろうじゃないか。

そんな決心を固めながら、曼殊院道を西に進む。

お互いについては話し終えたので、話題を今後の方針に切り替えてみる。

「ドッペルゲンガーとはいえ、今はもう白谷凜として存在している。つまり、彼女を殺害するのはれっきとした犯罪だよな？」

復讐を果たすには、法律という大きな壁が立ち塞がる。流石の俺も、ノリと勢いで大罪を犯すほど無鉄砲な男ではない。凛は問題を咀嚼するように、重々しく頷いた。

「……はい。殺してほしいとお願いしましたが、人間として殺害するのは最終手段だと考えています。まずはドッペルゲンガーについて、知るのが先決かと」

「なるほど。敵を知り、殺す以外の手段を探っていくつもりだな。もしかするとナメクジみたいに、塩でもかけたらしゅわしゅわ溶けていくかもしれんしな」

俺の発言に、凛は吹き出した。

「それで済めば、楽なんですけどね」

「可能性はあるぞ。白菜だって、塩を振って放置したら水分が出るじゃん」

「そうですね」

「……牡蠣とかもさ、塩で揉めばヌメリがなくなるし」

「話の引き出しに塩しか入ってないんですか？」

他の選択肢が思いつかず、鋭いツッコミを浴びる羽目になる。

「まあ、塩はともかく弱点を探る必要があります。ただ、私は人見知りなので、性格まで模しているなら手強いですね」

凛は申し訳なさそうに顔を伏せる。

「凛が、人見知り？」

出会ってから今まで、人見知りの要素など何一つ見せていない。俺は首を捻り、確認する。

「はい。特に初対面の男性が怖いですね。酷いときは、顔すら直視できません」

俺の瞳を真っ直ぐに捉え、凛は断言した。直視だ。射貫かれるのではないかと、怖くなるほどの眼力である。

話がおかしい。それならば、今まさに赤面して然るべきだろう。

「つまり俺は男性ではない？」

「あぁ、違います！　今はこんな状況なので、恥ずかしいとか言ってられないじゃないですか」

なるほど。あたふたしながら赤面する姿も拝んでみたいが、それはドッペルゲンガーの凛に期待するしかないようだ。

ここからは情報収集のため、凛の性格をもう少し掘り下げてみよう。

「凛たんは、どんな人と仲良くなりがち？」

「だから凛たんは駄目ですって」

「そっかぁ残念。で、どんな人よ」

「えっと、私は……優しい人が好きですね」

凛がぼそぼそと小声で呟く。それは仲良くなる人の傾向ではなく、好きな異性のタイプなのではないか。

「……って、違います違います、今のナシで！」

俺のニヤニヤした表情を察したのか、凛は顔を真っ赤にして慌てふためく。ありがとうかみさま、早くも望みが叶いました。

「なるほど、優しい男性ねぇ」

俺がからかうと、凛の顔は猛毒を帯びたキノコのように真っ赤になった。

「あー、うるさい。すかぽんたん！」

「へっへっへ、よせやい」

「褒めてないですよ」

凛が頬を膨らましながら睨んでくる。その仕草はたいそう可愛らしいのだが、これ以上は拗ねてしまいそうなので、俺は口を噤んだ。

「コホン。話を戻します。私の友達には内向的な人が多くて、派手な人はいません。なので、ドッペルゲンガーの私も、墨染先輩のような見た目がパーティーな人は苦手かもしれない。

かもしれません」

「見た目がパーティー」

「はい。茶髪ですし、馬鹿っぽいですし」

謎の基準で線引きされた気がするが、確かに俺の見た目は少し派手かもしれない。

さらにノリで生きているので、パーティーと言えるのかもしれない。

「でも、私は墨染先輩に対して悪い印象はありませんでしたよ！　こうして、真っ先に頼ったワケなので」

言い過ぎたと思ったのか、凛は両手の指先をつんつんと合わせ視線を泳がせた。

俺はそういうのは気にしていないので、極上のスマイルで安心させてやろう。

「そうかそうか、悪い印象はないのか」

「なんですか、そのイヤラシイ目。痴漢抑止ポスターの犯人みたいですよ」

「自分の笑顔に自信がなくなってきたな」

それほど下心がにじみ出ていたのだろうか。まあいいや。

そう割り切りつつ二人でアパートに引き返していると、小さな墓地を横切る道に出てしまう。すでに幽霊と行動しているのに、背筋をちろりと舐められたような悪寒が走る。街灯が少なく、眼前に漆黒が迫っているせいだろうか。

「この辺りは、一段と暗いですね」

「そうだな」

俺は同意する。凛にとっても、この墓地はどこか寂しい場所に映ったのかもしれない。もしそうだとしたら、幽霊にとっての安息の地は現世ではないはずだ。

「……凛はさ、いつかは成仏するもんなの？」

「わかりません。でも、復讐を果たせば未練がなくなると思います。そうなれば、きっと……」

凛はそう言いながら、乾いた笑みをこぼした。

もし、復讐を果たして成仏するのなら、最後に抱く感情は怨念（おんねん）になる。高校生になったばかりの少女が抱えるには、あまりにも暗すぎる。

「暖かい場所に、笑って送り出してやりたいよ。俺は」

呟いた言葉は、タイミングよく通過した叡山電鉄（えいざんでんてつ）の音にかき乱されて霧散（むさん）する。車両から漏れた漏れた灯かりが、凛の姿を朧（おぼろ）げに照らし出す。

手を伸ばしても、届かない距離にいる気がした。

夜の散歩を終えてアパートに帰ってきた俺たちは、これまでの内容を一度まとめることにした。

まず、ドッペルゲンガーに存在を奪われた凛は死に至り、生と死の狭間を彷徨(さまよ)う霊体と化した。凛の望みは、自分として生活するドッペルゲンガーへの復讐。どのような方法になるかは不明だが、殺人の可能性を孕むのは間違いなかった。

そこで白羽の矢が立ったのが、学校で噂の馬鹿こと俺。文化祭で送り火を敢行するほどの傑物(けつぶつ)であれば、ドッペルゲンガーの殺害だろうがノリで手伝ってくれると睨んだらしい。どうやら、赤字が出るほど買い被られている。

「何度考えても、殺人は無理だな」

俺が首を横に振ると、凛は不思議そうに瞬きを繰り返す。

「でも、墨染先輩はカッとなってやりそうなタイプじゃないですか」

「後々のインタビューで言われるやつじゃん」

俺がツッコむと、凛は楽しそうにふにゃふにゃと笑う。

「勢いに任せた暴力とか振るわない人なんですか？」

「人に手を出した経験はない」

「うわぁ。じゃあ、叩かれるほうが好きなんですか……？」

「リバーシブルの濡れ衣を着せてくるなよ」

俺が嘆くと、凛は目尻に涙を溜めながら「からかってすみません」と頭を下げた。

こうして冗談を交わせるくらいには、俺を信用してくれたようだ。犯罪は避けたいが、できる限り気持ちに応えてやりたい。

「ま、しばらくは俺に頼れよ」

「ありがとうございます。私はもう実体がないので、様々な面でご迷惑をおかけするかと思いますが……」

その言葉は、好奇心を刺激した。俺は凛を凝視しながら、腕を組んでふむと頷く。

「そうか、実体がないんだったな」

「へ？」

「ちょっとだけ、試したいことがある」

俺は宙に浮かぶ凛に近付き、身体が重なるように立ち止まる。質量を持たない凛の身体が、完全に俺と重なった。

「これって、今どうなってる状態なの？」

「精神的に不快なのは確かですね」

「……誠に申し訳ありませんでした」

殺気を感じた俺は、床に三つ指をついて深々と土下座をする。凛は溜飲（りゅういん）を下げたようで、ふっと息を吐いた。

「いいでしょう。次やったら、法廷で会うことになります」

「そ、そこまで？」

「絵面を考えてください。それに、私が不快に思った時点でセクハラですからね。……では、今日のところは失礼します。明日になるまで、どこかで時間を潰してきますので」

幽霊少女は訴訟を匂わせながら、ふわりと浮き上がり玄関の方向に向かう。

その行動に疑問を抱き、思わず呼び止める。

「ここにいればいいだろ」

「でも、ご迷惑をおかけしますし」

叱られた子供のような表情を見せてから、凛が再び玄関に向かう。

幽霊とはいえ、うら若き女子を一人で外に放り出すわけにはいかない。このワンルームは広くはないが、ふわふわと浮かぶ幽霊であれば同居しても圧迫感は抱かないだろう。動物園の臭いだって、恐らくしていない。たぶん。

「そんなこと気にするな。しばらく、ここに住めばいい」

「……私は外で大丈夫ですよ？」

「一人ぼっちだと寂しいだろ」

「構いませんよ。それに……私にはもう睡眠なんて必要ないですし」

そう言いながらも、伏せられた目は悲しそうだった。

俺は少し強引に、凛の意見を突っぱねる。

「駄目なものは駄目」

「でも」

「おだまり小娘ッ！」

「と、突然のヒステリックやめてくださいよ」

孤独なときは、何を考えてもマイナスの方向に転がる。それも、自分の居場所を奪われて人生に幕が下ろされたばかりの少女だ。落ち込まないわけがない。

「俺はベッドがあればいいから、寝てる間は部屋を自由に使っていいぞ。電気も点けておくし、寂しくないようにテレビも流しておく」

凛は「えっと……」と躊躇って（ためらって）いたが、やがて観念したように息を吐く。

「わかりました。それでは、お世話になっちゃいます」

凛は目尻を下げ、ふにゃりと微笑んでくれた。

この先には苦難がいくつも待ち受けているだろう。けれど、この笑顔を間近で見られるなら悪くはないと思えた。

第二章　馬鹿と裸体とドッペルゲンガー

青春とは全速力であり、立ち止まっている暇など一瞬たりとも存在しない。脇目も振らずに駆け抜ける青さこそが青春の本質なのだ。

その教訓に則って、俺は恥も外聞も置き去りにしながら、通学路を自転車で疾走していた。

要するに寝坊した。

「……いつもこうなんですか？」

「おうよ」

隣でふよふよと浮かぶ凛が、呆れて呟く。

時刻はすでに予鈴の五分前で、間に合うか間に合わないかの瀬戸際だ。飛び起きて顔を洗って寝癖を押さえつけて、家を出るまでの時間は僅か七分。まったく、我ながら時間に追われるデキる男である。

北大路通（きたおおじどおり）を爆走していると、向かい側から同じように自転車で走ってくる金髪の男が見えた。毎日恒例の邂逅なので、互いに視線だけで挨拶する。角を曲がるタイミングで合流し、しばらく並走していると、金髪の男が口を開いた。

「墨染、お前も遅刻が好きだな」

「まだ遅刻じゃねえぞ」

つんつんと逆立った金髪に、黒縁の眼鏡。その奥に覗く切れ長の二重も相まって、インテリヤクザのようなこの男は、俺の悪友である深谷宗平だ。文化祭で共に停学処分を食らった、愛すべき馬鹿でもある。

全速力の俺と深谷が校門に滑り込んだタイミングで、予鈴が鳴った。門扉を閉める生徒指導の先生が、またお前らかと言いたげな表情を浮かべているが、今回は遅刻ではない。俺たちは勝ち誇ったように自転車を止め、教室に向けてずんずんと進軍した。

「こんな調子だと留年しちゃいますよ」

凛が俺に耳打ちする。留年の足音が小走りで近付いているのは否めないが、俺の計算だと、あと六回は遅刻しても許される。貪れる惰眠は、できる限り貪り尽くしたい。

俺は凛にそう告げようとして、ふと疑問に思う。

凛の姿は、深谷にも見えていないのだろうか。

俺の思慮を察したのか、凛は「墨染先輩にしか見えてないですよ」と言った。

なるほど。理屈はわからんが、昨日と同じく幽霊の凜が目立つ心配はないらしい。

安堵しながら教室に到着すると、深谷はすぐさま机に突っ伏した。

「墨染。俺はちょっと寝るわ」

爆睡フォーム突入である。まだ朝なのに恐るべき早さだ。

隣の席同士のこいつとは、去年の春に出会った。何がきっかけかは覚えていないが、波長が一致したせいか常に行動を共にしている。

俺は凜と視線を合わせ、深谷を指差しながら小声で提案した。

「凜、コイツにも協力してもらうってのはどうだ」

「……この人を頼りにしても大丈夫なんですか？」

俺は唸る。大丈夫だとは答えにくい。自分を棚に上げて言わせてもらえば、深谷はまごうことなき大馬鹿だ。俺が爪なら深谷は牙である。それゆえに、説得できる手札は一枚もなかった。仕方がないので、力押しする方向に切り替える。

「面白くはなるぞ」

「私の復讐劇を、おもしろおかしくする気ですか」

「凜の気持ちはもっともだ。だが、復讐は復讐しか生まない。正義とは相対的なものであり、また別の争いを産む火種になりかねん。おもしろおかしくしたほうが、スムーズに事が運ぶ可能性は高い」

凛は顎に拳をあて、うむむと考え込む。適当にそれっぽい言葉を並べているだけなのだが、押せばなんとかなるかもしれない。

「一理ありますけど……」

「それに、ドッペルゲンガーの素性を探るなら協力者は多いほうがいいに決まってる。多角的に攻めるべきだ」

いかにも正論っぽく述べると、凛は感心したように目を丸くする。

「墨染先輩って、意外と考えてるんですね」

「人間とは考える葦だからな」

意味はわからないが、それっぽい名言を引用してとどめを刺す。高校一年生の女子など、年上の余裕と知的な雰囲気を醸し出せばイチコロなのだ。

「それ、どういう意味ですか？」

だが、凛はきっちりと問いただす。真面目ガールの探究心を侮っていたようだ。

「わかんない」

俺は薄く笑いながら目を瞑る。

「え、えぇー」

「まあまあ。とにかく俺は、凛たんには笑っててほしいんだよ。復讐劇だろうと笑顔で過ごしてほしい。怒ってる顔なんて似合わねえ、楽しくやろうぜ」

こうなれば、勢いで乗り切るしかない。俺は凛に向けてウィンクを決めるが、そのタイミングで向こう側にいた女子と目が合ってしまう。

「ひぃっ！」

俺の熱い視線を浴びた女子が小さな悲鳴を上げる。仕方がないので、眼球を必死に見開きコンタクトが乾いたふりをして誤魔化した。

「……墨染先輩って、本当にお馬鹿なんですね」

「へへへ、よせやい」

「だから褒めてないですよ」

ああだこうだと凛と言い合っていると、授業開始のチャイムが鳴り響いた。ここからは、俺が勉学に励むだけの時間なので省略する。

「ふわぁ……凛、おはよう」

「四時間目からぶっ通しで寝てましたね」

「高校生たるもの、よく寝てよく遊ばなきゃな」

「親が悲しみますよ」

俺は思わず胸を押さえる。心が泣いた。親の話題を持ち出されるのは辛いものがある。京都の高校に進学した俺をバックアップしてくれているのは、紛れもなく香川県に住む母ちゃんと父ちゃんなのだ。ごめんよ、ごめんよ。嗚呼、讃岐平野に屹立する飯野山の姿が恋しい。

悲しみを転がしていると、隣の席の深谷がゆっくりと起動した。この男、驚くことに朝から放課後までぶっ通しで眠っていたのである。四時間目から寝ていた俺が言うのもなんだが、何しに来たのかわからない。

「んァ。もう授業終わったのか？」

「ああ、放課後ですぜ、兄貴」

「じゃあ、そろそろ帰るべ」

深谷が、机にかけたリュックサックを気だるげに持ち上げる。だが、席を立とうとしない俺を見て瞳に困惑の色を滲ませた。

「何してんだ。早く帰ろうぜ」

「なぁ深谷。ドッペルゲンガー退治しねえか？」

視線と共に提案すると、深谷はにっと口角を上げた。

「……乗った」

深谷は椅子に座り直し、続きを促す。教室に残っているのは、すでに俺と深谷の二人だけであり、悪巧みや与太話も自由に繰り出せそうだ。

俺は傍らで浮かぶ凛に笑いかけ、ガッツポーズをする。

「凛、良かったな。深谷が協力してくれるってさ」

「いやいやいやいや」

「どうしたの。そんな焦って」

「具体的な話をしてないじゃないですか。即決すぎて、より一層不安になりました」

凛とやり取りする俺を見て、深谷は怪訝そうな表情を浮かべる。

「……墨染、それは新しい芸か？」

「違う。お前には信じられないかもしれんが、ここに女子がいる」

「マジか」

「大マジだ、しかも美少女」

美少女と聞くやいなや、深谷は弾かれたように立ち上がった。

俺の言葉を疑う素振りはまるでなく、深谷は逆立った金髪を丁寧に撫でつけ白い歯を零した。その動作は頭頂部から爪先まで馬鹿がぎっしり詰まっており、我が友ながら悲しみさえ覚えてしまう。

「俺は深谷宗平だ。よろしくな、美少女ちゃん」

「いやいやいやいや」

「深谷。美少女ちゃんは、お前の思考回路に戸惑っている」

「マジでか、すまんな美少女ちゃん」

「……理解、理解できない生き物ですっ！　順応性がバグってませんか？」

凛は頭を抱えているが、深谷とはこういう生き物だ。事情など二の次で、楽しそうならとりあえず乗っかってみる男である。だからこそ俺と馬が合う。そう、俺が馬なら深谷は鹿だ。

「てかさ、俺もその美少女ちゃんを拝みたいんだけど」

「だってさ凛。なんとかならない？」

「そ、そんな急に言われてもですね」

凛は両手をぶんぶんと振り、うろたえた。ならば、深谷に波長を合わせてもらうしかなさそうだ。

「深谷、集中しろ。信じろ。ここに白谷凛という美少女の幽霊がいる」

「任せろッ！」

深谷は唸りながら目を細める。これで見えたら、流石の俺も畏怖の念を抱くだろう。

しばらく見守っていると、深谷は凛がいる場所をぴしりと指差した。

「……うわ、見えてきた。ボブっ子」

「え、えぇー」

凛は信じられない様子であるが、それは俺とて同じ。深谷はただ集中するという馬鹿っぽい力技で、凛の存在を感じ取ったのだ。やはり只者ではない。

俺が評価を改めていると、深谷は顔を歪めながら怠そうに眉根を揉んだ。

「あー、でも駄目だ。力まないと見えない」

「じゃあ、常に力んでおくしかねえな」

「無理無理、屁が出る」

「構わんよ」

「構いますよ。いちいち放屁される私の気持ちを考えてください」

凛が心底嫌そうな顔で俺を睨む。

反論材料がないので爽やかに微笑んでみるが、視線の鋭さがさらに増してしまう。

逃げるように深谷を見やると、似つかわしくないほど真面目な表情を浮かべていた。

「まあ、そこに幽霊がいるのはわかった。でも、ドッペルゲンガーを退治するってなんだよ」

その疑問は当然だった。

だが、俺が説明するより、当事者である凛から説明されたほうが信憑性が高いだろう。俺は凛に「深谷と話してみてくれ」とお願いする。

凛はこくりと頷いてから、深谷の右耳に顔を近づけて、ぼそぼそと囁いた。

「なんか聞こえるけど、よくわからん」

「集中しろ、深谷」

「よっしゃ。任せとけ。耳の穴をかっぽじってよく聞いてやる」

深谷が立ち上がり、腰を深く落とす。異文化コミュニケーションともいえるやり取りに耐えきれなくなったのか、凛はついに両手で顔を覆ってしまった。

「私、頼る人を間違えたのかな……」

「何を言うか、凛。考え得る中で最善の手だ」

「どこからそんな自信が沸いてくるんですか」

「今にわかる」

俺が言い切った瞬間、教室に爆音が鳴り響いた。時空を歪め、地を穿ち、天を貫くほどの衝撃。それほどまでに、見事な放屁であった。

「今なら聞こえるッ！」

「え、ええ……？」

「なるほど、鈴を転がすような声じゃねえか」

深谷は凛を指差し、変なポーズをばしっと決めた。流石は深谷。馬鹿とはいえ、やるときはやる。俺は自信に満ち溢れた表情で、凛をちらりと見やる。

「ほらな、みたいな顔しないでください」

「これで協力者は二人だ、頼りにしてくれ」

「馬鹿と放屁魔なんて、揃って雁首じゃないですか」

切れ味の鋭いカウンターに、俺と深谷は一瞬でリングに沈められた。顎下一発、脳震盪が目眩を連れてくる。

だが、ここで負けるわけにはいかない。俺はふらつく足に鞭を打ち、よろよろと立ち上がる。こんなところで終わってたまるかよ。俺たちには一年間のアドバンテージが存在する。理解らせてやるよ小娘が。

「雁首という評価の是正を求める。深谷には特技がある！」

「どんな特技ですか……」

「まあ見てろ」

俺の合図と共に、深谷がリュックサックからけん玉を取り出す。だが、紐が絡まっていたらしく、もたもたと一生懸命ほどいている。

「あの、もう結構です」

凜は首を横に振り、絞り出すように制止を促した。

「いや待て、ここからだから！」

「どう転んでも想像は超えないですよ」

「美少女ちゃん。俺のはすごいから」

紐を解き終えた深谷が、けん玉を勢いよく反転させる。ふわりと浮いた真っ赤な玉は、手首のスナップで強制的に軌道が変わり、ガコンと鈍い音が響く。

弾け飛ぶ黒縁眼鏡。哀れにも、放物線を描いて窓の外へ落下していった。

「え、え、何が起きた？」

深谷はめちゃくちゃ焦っている。嘘みたいな大失敗に、俺は腹を抱えて笑った。

「これ、何がしたかったんですか」

「大皿に玉を入れるやつじゃない？」

「初歩の初歩じゃないですか」

「俺たちはさ、頑張りを評価してほしいんだ」

「墨染先輩は、何もしてませんよね」

そう呆れつつも、凛の表情は柔らかい。

「でも、おもしろおかしいだろ？」

「なんですか、それ」

俺と凛は笑い合った。深谷が「笑ってないで、どうなったか教えてくれ」と嘆いているのがおかしくて、さらに声を上げて笑い転げた。眼鏡の行き先を見ると、窓枠に切り取られた青空がどこまでも広がっていた。

眼鏡救出のために教室を出た深谷を待ちながら、俺と凛はスマホでドッペルゲンガーの情報収集を試みる。

架空の存在として語られるためか、記事ごとに細部が微妙に異なっていた。

「なになに……『ドッペルゲンガーは容姿だけでなく傷や持病、果ては脳のシナプス情報に至るまで完璧に複製して人間に擬態(ぎたい)する』か。どういうこと？」

「簡単に言うと、私と同じ脳ってことです。親でさえ、ドッペルゲンガーの私に違和感を抱いていないかと」

凛が拳を震わせながら呟く。かけるべき言葉を探していると、廊下から慌ただしい足音が近づいてきた。

「クソ！　排水口に落ちたからドロドロになってら」

深谷がワイシャツの裾で眼鏡を拭きながら戻ってくる。凛は深谷の様子を見て呆れたように微笑んだ。重い雰囲気が霧散したので、俺は内心で感謝する。

「ん？　何見てんの？」

深谷がスマホを覗き込んできたので、傾けて見せてやる。

「ほーん、なるほどな。俺も調べてみるわ」

理解したのかしていないのか定かでないが、深谷は納得したように頷きながら自分のスマホを取り出した。

「っても、ドッペルゲンガーってあれだろ？　映画とか漫画でよく見る架空の……」

そこまで言い、深谷は言葉を止めた。何事かと思い視線を巡らせると、身体を震わせているではないか。

「おいおいおい。墨染、これを見てくれ！」

深谷が興奮しながら、俺の眼前にスマホの画面を差し出した。大方、どすけべな広告でも見つけたのだろう。

しかし、その予想はいい意味で裏切られてしまう。

【ドッペルゲンガーって何者？　恋人は？　いつから存在するの？　気になる特徴をまとめてみました！】

「なんだこれ、すげぇ！」

俺は拳を上げて快哉を叫んだ。

「そうだろう、そうだろう。親切設計だよな、ホント感謝だわ」

「絶対にわかるやつじゃん……」

「……これは、本能が拒否する類の記事ですよ。検索の邪魔になるやつ」

盛り上がる俺たちに、凛のツッコミが入る。まさに寸鉄人を刺す。

俺と深谷は予期せぬダメージに悶え苦しむが、白旗を上げるにはまだ早い。俺は自分のスマホを操作し、さきほどブックマークしておいた記事を二人の前に突き出す。

【ウェルカム・トゥ・ドッペルワールド　～闇夜ニ迫ル侵略者タチ～】

「ならば、こっちはどうだ」

「うおおお、格好良すぎる！　センスって、こういうとこに現れるよな」

「そうだろう、そうだろう」

今度こそと、凛に視線を流す。俺と深谷のスマホを交互に見比べた凛が、大きな溜息をつく。

「こじらせた中学生のブログじゃないですか。二人とも、冗談で言ってますよね？」

「本気だが」

「本気なんだが」

「……このセンス、どっちもどっちですよ」

「なるほど、甲乙つけがたいってか」

「最強の矛と盾みたいなものだからな」

「クソポジティブやめてください」

話は終わりだと言わんばかりに、凛は首を横に振った。

「概念としてのドッペルゲンガーを探るより、私のドッペルゲンガーをどうするか考えましょう。この近くに、どこか落ち着ける場所はありませんか？」

凛の質問に、俺と深谷は顔を見合わせる。

「ああ、いいところがあるぞ。愛想の悪いヒゲが営む喫茶店なんてどうだ？」

俺の言葉を受け、凛は「それは本当にいいところなんですか」と言いたげに顔を歪めた。

俺と深谷がよく訪れる喫茶店は、出町柳（でまちやなぎ）駅から徒歩三分のところに位置している。

ほぼ毎週通っているこの店は、俺たちの部室だと紹介しても過言ではないだろう。薄暗い店内には小洒落たジャズが流れ、珈琲豆の深い香りがアロマのように漂っている。そして、閑古鳥が常に鳴いている素敵な場所である。

「俺、ミートソース。トラウマになるくらいの大盛りで。墨染は？」

「いつもの明太子パスタ。誠意のある大盛りで。珈琲は食後で頼んます」

注文を気怠げに聞き終えたマスターは、小さな声で「あいよ」と言い残し厨房へ去っていく。凛はマスターがいなくなったのを確認してから、重々しく口を開いた。

「最初の一手は、どうしましょうか」

「そうだなぁ。いきなり飛びかかるわけにもいかないし」

俺と凛がうんうん悩んでいると、深谷は「それならよ」と前置きして注目を集める。

「まずは初対面のふりして、接触してみねえか？　生前の凛ちゃんの生活を辿れば、ドッペルゲンガーも同じことをしているはずだろ。決まった行動とか習慣はなかったのか？」

なるほど。確かにそうかもしれない。俺は期待を乗せて凛を見る。

凛が「そうですねぇ」と呟きつつ、店内に飾られた写真の数々を見やる。額縁に固定された京都の町並みは、いずれもマスターが撮影したものらしい。凛はそれらをたっぷりと眺めてから、伸ばした指を一本ずつ折り曲げていく。

「高校に行って、帰宅して、夕方には鴨川で茶々丸の散歩をして……」

「誰だ、その古風な名前のオッサン」

「犬ですよ。なんで選択肢の先陣を切るのがおじさんなんですか」

凛が心底呆れたように目を瞑る。

「なら、犬の散歩をする凛ちゃんのドッペルゲンガーに接触してみるか？」と、深谷が提案する。

「ああ、そうするか。散歩は決まった時間だったの？」

「はい。晴れている日は夕方の六時くらいですね」

「なるほど。まだ一時間以上あるな」

俺は壁に掛かった時計を眺める。これだけ余裕があれば、追加でアイスクリームを注文しても間に合うだろう。そう考えていると、言いづらそうに凛が口を開いた。

「えっと、私のドッペルゲンガーと接触するのはいいんですけど……大きな問題があります」

「ほう。その問題とは？」

「思考が私と同じであれば、初対面の男性に声をかけられたら警戒するはずです。ましてや、先輩方のような人が相手だと催涙スプレーに片手が伸びるかもしれません」

強烈な言葉のアッパーカットが直撃する。

確かに、俺の前に現れた凛は異常事態の真っ只中で、人見知りをしている場合じゃないと言っていた。だが、ドッペルゲンガーは違う。平常時の凛を模しているとすれば、俺たちなど異分子でしかない。

手厳しい現実に、俺と深谷はうなだれた。それはもう、でろんでろんに。

テーブルに頭を擦りつけてクネクネとしていると、髭面のマスターが二つの皿を運んでくる。

「気持ち悪い動きすんなら、よそでやれ」

「……客引き効果とかあると思うんです」

「こんな動きで寄ってくる奴なんざ妖怪だ」

マスターは言葉を吐き捨てながら、のしのしと厨房に戻っていく。

まったく、素直じゃない人だ。俺と深谷は口角を吊り上げながら、料理と一緒に運ばれてきたアイス珈琲に口を付けた。食後に出してほしいと伝えたはずだが。なんなんだ、あのヒゲ。

俺はぷりぷりと怒りながら、明太子パスタをすする。出汁が絡んだアルデンテの麺と、ぴりりと辛い明太子が舌先でがっつりと絡み合う。

変わらぬ美味しさに俺はすぐさま機嫌を取り戻すが、深谷は真剣な表情を浮かべていた。

「どうした深谷。マスターのヒゲでも入ってたか？」

「違う。気色の悪いことを言うんじゃねえ。ただ、ドッペルゲンガーって、何が目的なんだろうなと思って」

その疑問は、俺にとって盲点だった。凛が恨みを抱いているから復讐劇に協力する。その程度の認識だったので、ドッペルゲンガーの思惑については想像を広げていない。

深谷の問いかけを受け、凛は口をすぼめながら仮説を切り出した。

「もしかしたら、私に成り代わるのが最終目標だったのかも」

「だとしたら、これからは何を考えて生きていくんだろう」

「……現時点ではわかりません。そもそも、悪意があるのかどうかも」

「凛を殺している以上、悪意はあるはずだ。だから復讐したいんだろ？」

「そう、ですね。いえ……私は、そう思いたいのかもしれません」

歯切れの悪い返答が積み重なる。どうしたのかと問いかけるより早く、深谷がぱんと手を叩いた。

「ま、どのみち接触しなきゃわかんねえ。だったら、黒髪にするしかねえな」

「……黒髪？」

「そうだ。俺は金髪、墨染は茶髪。だから警戒心を抱かれる。真面目な黒髪にすれば万事解決だ」

「なるほど、その手があったか！　完璧じゃねえか！」

盛り上がる俺たちだったが、凛は鋭い指摘をする。

「確かに茶髪と金髪の馬鹿に抱く印象なんてロクなものではないですが、先輩方は丸坊主でも馬鹿に見えます」

アッパーカット再び。二度目のダウンを喫した俺は、革張りのソファにもたれかかるしかなかった。うなだれる俺をよそに、深谷が力強く立ち上がる。

「まあ、やらねえよりマシだろ。家に黒染めスプレーが残ってたはずだから、取ってきてやるよ」

深谷はこちらを一瞥もせず、片手を挙げて去っていく。まっすぐ伸びた背筋は、まるで深谷が真人間であるような錯覚を抱かせる。だが、俺は騙されない。

「あいつ、ここの支払いを踏み倒す気だな」

俺が確信をもって呟くと、深谷は目にも止まらぬ速さで店から飛び出した。扉にぶら下がったベルが、荒々しく鳴り響く。

「……先輩方って、本当に友達なんですか？」

「友情の形が、どれも綺麗とは限らないんだよ」

「そのようですね。少なくとも、今見た友情は足で作ったプラモデルみたいでした」

憐れむような凛の視線を浴びながら、俺はアイス珈琲に口を付ける。

厨房の奥にいたはずのマスターが、俺の逃走を警戒するようにカウンター付近に陣取っていた。

京阪電車の出町柳駅近くには、鴨川デルタと呼ばれる三角州が存在する。

さらさらと流れる浅い川を横断する石のオブジェ。その上を楽しげにぴょんぴょんと飛ぶ子供。昼間から宴に興じる大学生。そんな市民の憩いの場と化した空間で、スプレーを手に向かい合う半裸の男子高校生が二人。

言うまでもなく、俺と深谷だ。

「何してるんですか……」

冷ややかさを含んだ凛の声が、夏の空に溶けていく。夕方とはいえ照りつける直射日光は容赦がなく、京都市内は地獄の猛暑日を記録していた。

俺は仰々(ぎょうぎょう)しく声を作り、手を挙げて宣言する。

「これより、脱・見た目がパーティーの儀を執(と)り行う。ここにある黒染めスプレーで生まれ変わるのだ」

付近にいた大学生が、いいぞいいぞと囃(はや)し立ててくる。俺と深谷は投げキッスで声援に応え、再び向かい合う。

「墨染よ、このスプレーは仕上がりが最悪だと評判の代物だ。分量を誤れば、カツラのような光沢感になっちまう」

「ああ、作戦のためにも失敗は許されない」

このスプレーは、髪の表面に色素を付着させるだけだ。お手軽な反面、安価な商品だとムラが出やすく扱いづらい。しかし、高校生のお財布事情では高価なスプレーに手を出せないのだ。

「情報によれば、凛は夕方六時前にこの鴨川デルタで犬の散歩に勤(いそ)しむはずだ。ファーストコンタクトにはうってつけの場所だ。よし、頼んだぞ」

俺は凛から聴取した情報を、再度深谷に伝えた。ドッペルゲンガーが凛として生きているのならば、生活リズムも同じだろう。

「任せとけ、墨染」

俺は切腹をする武士のごとく正座になり、深谷は介錯をする武士のごとく背後で構えた。ただならぬ緊張感が鴨川デルタを包み込む。道行く人々は、俺たちを訝しむような視線を浴びせる。

「私、周りから見えなくて良かったです」

「まるで、一緒にいるのが恥ずかしい様な口振りじゃん」

「まさしくその通りなんですけどね」

「へへへ、よせやい」

「それ、やめてもらえませんか」

どうやらお気に召さないらしい。まあいいや。

俺は片手を挙げ、深谷に合図を出す。それを確認した深谷が、俺の後頭部に勢いよくスプレーを吹きかけた。黒染めスプレーをムラなく仕上げる秘訣はただ一つ。ノリと勢いである。角度や順番のような小手先の技術など、俺たちには必要ない。深谷はカリスマ美容師のような手早さで側頭部の染色を終え、前髪の仕上げに突入した。

「……墨染先輩の顔、爆破コントのオチみたいになってますけど」

凛が的確に現状を伝える。前髪を通過して顔面に射出されるスプレーの量で大体察しはついていたが、どうやら、今の俺は煤(すす)まみれに見えるらしい。

「墨染、手は尽くした」

「ありがとうな。攻守交代だ」

俺は感謝の念を述べながら、深谷の髪にスプレーを噴射した。

同じように仕上がったのは言うまでもない。上半身がまだらに黒くなった俺たちを見比べて、凛は心底不安そうな声で問いかけた。

「本当に、その姿でドッペルゲンガーに接触するんですか。せめて服を着ませんか？」

「この上からワイシャツを着たら、汚れちゃうじゃん」

「まずは存在感の汚れを気にかけてくださいよ」

「でも、これで見た目のパーティー感はなくなっただろ？」

「パーティーの種類が変わっただけですけどね」

凛はなおも不満気な様子だが、やり直す時間も金もない。

「後はドッペリンの適応力に賭けよう」

「あの……ドッペリンってなんですか」

言わずもがな、今生きている方の凛、つまりドッペルゲンガーの呼び名である。呼び方で混乱しそうなので、便宜上ドッペリンと呼ぶ。

俺は気を取り直して深谷へ向き直り、最終確認を促す。

「今日は核心に踏み込まず、当たり障りのない会話で距離を詰めるのが目的だ。わかったか？」

「オーケー、任せとけ墨染。俺の得意分野だ」

深谷は自信ありげに頷いてみせるが、凛の視線は冷ややかだった。それでも俺は軽い口調を維持して、凛に微笑みかける。

「凛はここで待機だな。自分の命を奪った存在と対峙するのは、まだ怖いだろ？」

「……そう、ですね」

凛は自分の身体を抱き、思案するように俯く。そして、そのまましばし固まっていたが、天秤が僅かに俺たちの方へ傾いたらしい。凛は不安を吐露した。

「先輩方を監視しないのも、怖いですけどね」

「大丈夫だ。俺たちを信じてくれないか」

「色違いの馬鹿と放屁魔の何を信じるんですか」

手痛い反論に、俺と深谷はまたダメージを負ってしまう。

だが、今の俺たちはいつもと違う。使命感に燃える男は打たれ強いのだ。肩で息をしながらダメージに耐えていると、深谷が「あっ」と大声を出した。

「あれ、ドッペリンじゃね？」

深谷が指差したのは土手の上。そこには、紛れもなく白谷凛の姿があった。水色のTシャツに黒のハーフパンツを合わせたラフな格好で、ふわふわの茶色い毛玉みたいな犬を連れている。俺は隣にいる凛と見比べながら、他人の空似でないのを確認した。

「見た目は、凛そのものだな」

驚く俺に被せるように、深谷が「慎ましやかな胸もそっくりだ」といらん賛同をする。凛からドス黒いオーラが溢れ出したので、俺は必死になってフォローする。

「まあ、ここから先は任せとけ。俺たちが絶対に上手くやってやるから」

凛の目を真っ直ぐ見つめる。凛は深谷の心ない一言に怒りの表情を浮かべていたが、やがて困ったように微笑んだ。

「……任せました、墨染先輩」

ふにゃふにゃした笑顔を間近で見た瞬間、もっと眺めていたい感情に駆られる。しかし、早くしなければドッペリンは去ってしまう。俺は下心を抑え、深谷と横並びになって歩を進めた。

目指すはドッペリン。どのような手を使っても仲良くならねばなるまい。ここは戦場。勝てば官軍、負ければ賊軍の厳しい世界なのだ。

前方を歩くドッペリンは、毛玉犬を連れて鼻歌交じりに散歩している。

「お嬢さん、少し失礼」

深谷が歩幅を広くして、先陣を切った。

なるほど。いつもの無気力な自分ではなく、紳士さを前面に出して大人の余裕で籠絡する作戦か。やるじゃねえか。溢れ出るジェントリズムの前では、高校一年生の女子などイチコロだ。俺は期待の意を込めて成り行きを見守る。

「なんですかその格好。劇団の方ですか？」

だが、いきなり話しかけられたドッペリンは、後頭部から伝わるほど警戒心を剥き出しにする。冷静に考えれば無理はない。今の俺たちは、肩から上を黒く染めた変態だ。

とはいえ、これは予期せぬパス。あとは劇団員のふりをしてパスを受け取り、流れに乗ってシュートを決めるだけだ。

俺は深谷の背に視線を送り、意思疎通を図る。深谷は気配を察したのか、背中越しに親指を立ててみせた。

「いいえ、そういう者ではありません。アッハッハ！」

俺は思わず川へ転落しそうになる。

アイツ、絶好のパスに見向きもしなかった。

劇団員から変態に格下げされ、いつ通報されてもおかしくない状況が整ったのに、深谷の足取りは余裕を崩さないままである。汗でぬらぬらと黒光りしているせいか、もはや夏の鴨川にだけ現れる妖怪の類にも見えてきたが、まだ何か妙案があるのかもしれない。深谷は馬鹿ではあるが、能無しの阿呆ではないはずだ。俺は一縷(いちる)の望みを託し、なおも深谷を見守る。

「そんなことより、お嬢さんが連れているトイプードル可愛いですね」

前言撤回、どうやら能無しの阿呆のようだ。深谷の出で立ちは、そんなことでは済まされない。身の毛もよだつ会話のデッドボールである。

この作戦は失敗だ。凛にどう言い訳しようかと考える俺をよそに、深谷はバリトンボイスでなおも滔々(とうとう)と語りやがる。

「トイプードルって、実はヨーロッパの方では十八世紀頃から存在した犬種らしいですよ。日本では、比較的新しいイメージがあるので驚きですよね」

深谷はドッペリンの反応を気にする様子はなく、トイプードルのうんちくを垂れ流す。

強引ではあるが、この作戦はアリかもしれない。共通の話題で盛り上がるのは、仲良くなるために有効な手段である。ここにきて、俺は深谷の評価を改めた。やはり、コイツはやるときはやる男である。伊達に黒縁眼鏡をかけていない。

けれど、ドッペリンの反応は芳しくない。困ったように立ち止まって、深谷の方に身体を向けた。

小さな唇が、ゆっくりと開く。

「あの、この子……ポメラニアンです」

それは、あまりにも無情な宣告。

深谷はその場で倒れ、小刻みに痙攣し始めた。自信満々だっただけに、さぞ恥ずかしいだろう。恥辱にまみれ、涙に濡れる戦友に別れを告げ、俺はドッペリンの隣に並んだ。さてドッペルゲンガーよ、一勝負といこうじゃないか。

そう意気込んだが、ドッペリンは思いもよらぬ反応を見せた。

「あれ、もしかして墨染先輩ですか？」

「……え？」

「その顔、やっぱりそうですよね。校舎で送り火を敢行した噂のお馬鹿さんと、お話してみたかったんです」

ドッペリンは悪戯っぽく口元を緩ませて、俺の顔を覗き込んだ。

ああ、そうか。凛は俺を知っていたので、同じ脳を共有するドッペリンも俺を知っているのか。

どう返答すべきかと迷う俺をよそに、ドッペリンは「今日は一体何してるんですか」と問うてくる。

「……ああ、夕暮れを優雅に散歩するのが俺の日課なんだ」

「その格好で、ですか？」

「夏は基本こうだな」

「冬の訪れを願いたくなりますね」

ドッペリンはそう言いつつも、嬉しそうに茶々丸のリードを引っ張った。

「まあいいです、一緒に歩きませんか？」

「そう、だな」

驚くほどスムーズに事が運ぶ。文字通り無駄死にした深谷を思考から切り離し、どう会話を展開しようかと考える。

沈黙が訪れる。

茶々丸がハァハァと息を荒らげ、俺の足元で飛び回る。蹴飛ばさないように注意しながら歩いていると、唐突にドッペリンが口を開いた。

「墨染先輩って、やっぱり変な人ですよね。なんですかその格好。顔なんて爆破コントのオチみたいになってますよ」

衝撃が俺を貫いた。打ち合わせしたわけでもないのに、凛と同じ言葉選びである。改めて、ドッペリンの存在が夢や幻の類ではないと思い知った。

俺は気を引き締めなおし、ドッペリンと当たり障りのない会話を続ける。鴨川沿いをゆっくり歩いていると、神宮丸太町駅(じんぐうまるたまちえき)の近くまで辿り着いていた。

一時間弱とはいえ、蒸し暑い夏の夕方に散歩をするのは重労働だ。

俺たちは橋の下で少し休憩する。茶々丸はドッペリンが差し出した水をぺろぺろと舐め回していた。人よりも嗅覚が鋭い犬でさえ、本物の凛ではないと気がついていない様子だ。

「墨染先輩って、本当に楽しい人ですね」

「そ、そうか？」

「はい。私は人見知り気味なんですけど、全然気負わずに喋れてますし」

ドッペルゲンガーだと知りつつも、凛の顔で笑いかけられると胸の鼓動が速くなる。不覚にも、デートしている錯覚にさえ陥ってしまう。俺は伸びて落ちそうになる鼻の下を必死に持ち上げながら、真顔を維持する。

「最近、少し嫌なことがあったので、久しぶりに笑った気がします」

「どしたん？　話聞こうか？」

ワンチャンを狙うヤリチンのような言葉選びになったが、俺はあくまでも紳士を装って接する。ドッペリンは力なく笑いながら、風で揺れる川面を見つめた。

「なんだか、頭がぼんやりしてるんです。記憶喪失って表現はオーバーなんですけど、それに近い症状が出ちゃいまして。全部忘れちゃったわけではないんですけど、ここ一週間の記憶だけが、すっぽり抜けちゃってます」

その言葉に、思わず固まってしまう。

一週間といえば、ドッペルゲンガーが本物の凛を殺害して成り代わったタイミングと一致する。記憶喪失を装い、成り代わりを偽装する演技とも取れた。ドッペルゲンガーが悪意で動く存在であれば、接触する人間を欺くくらいは容易くやってのけるだろう。

だが、もし本当に記憶がないとすれば。目の前のドッペルゲンガーが、自身を白谷凛だと思いこんで生きているとしたら。

考えただけで、呼吸を忘れてしまう。両手が震えた。

殺害には、絶対に踏み切れないと断言できる。だってそれは、凛を殺すのと同じだから。

「……先輩？」

停止してしまった俺を、ドッペリンが心配そうな表情で覗き込む。俺は取り繕うように笑い、軽い口調で謝罪する。

「あぁ、ごめん」

「なんだか顔色が悪いですよ。熱中症かも……」

「大丈夫大丈夫、小籠包だって中が熱いほうが美味いだろ？」

「意味わかんない理論ですよ、それ」

ドッペリンは心底おかしそうに笑った。この笑顔さえ演技だとしたら、尊敬に値するほどの役者である。黒塗りの深谷とはモノが違う。なんだったんだ、アイツの演技。

俺が悪友の死に様に思いを馳（は）せていると、ドッペリンが俺の腕をつんと突いた。

「ねえ先輩。一緒に写真を撮っていいですか？」

そう言いつつも、ドッペリンのスマホはすでにカメラモードに切り替わっている。

魂でも取る気かと警戒したが、ここで断るのは不自然だ。俺は「いいぞ」と頷いて、ドッペリンに身体を寄せた。

シャッター音が耳に届く。向日葵（ひまわり）みたいな笑顔と、揚げすぎたコロッケのような顔が収められた。

「あはは。こうして見ると、すごい状態ですね」

ドッペリンは目元に笑みを湛えたまま、噛みしめるように呟く。

「大事にしますね」

「……本当に、そんな写真でいいのか？」

「こういうのが逆にエモいんですよ」

俺にはよくわからない感性だったが、本人が満足しているならいいか。一人で納得していると、ドッペリンは何かを思い出したように立ち上がる。

「あ、そろそろ帰らなきゃいけないので、ここで失礼していいですか？」

「ああ、もうそんな時間か。俺も帰らなきゃな」

ドッペリンの真意は定かでないが、ファーストコンタクトとしては十分な成果を挙げただろう。凛と深谷が首を長くして待っているはずなので、こちらとしてもありがたい申し出だった。

「また……会えますよね？」

ドッペリンが、少し寂しそうな素振りを見せる。

夕陽に照らされて赤く染まった表情は、息が止まるほど美しかった。思わず胸が締め付けられそうになり、俺は適当に返事をして強引に解散する。これ以上会話をすると、情が芽生えそうだったから。

「さよなら、墨染先輩！」

笑顔の彼女に俺は手を挙げて応えつつ、鴨川沿いを北に上って出町柳まで急いで戻る。駆け足になりながらも、ドッペリンとのやり取りをゆっくりと反芻していた。

今日の印象だけで言えば、ドッペリンは白谷凛そのものだ。とてもじゃないが、悪意の集合体とは思えない。このまま茶々丸の散歩を終え、家族が作った料理を食べて、シャワーで汗を流してから勉強をするのだろう。そこまで想像すると、自ずと嫌な結論に辿り着く。

凛が望む復讐は、白谷凛の周囲まで不幸に陥れる。娘を失った親の姿は、凛自身の苦しみに繋がってしまうはず。そこまでの覚悟が、果たして凛にあるのだろうか。

ヒグラシの声が脳内に反響する。すれ違う人々の会話や、川端通を走る車のエンジン。流れる川に、鳥のさえずり。その全てが混ざり合い、思考の邪魔をする。

俺はやがて、考えるのを諦めた。凛も遅かれ早かれ復讐の代償に気付くだろうが、今伝えるメリットは存在しない。凛の精神がもっと安定したタイミングで伝えればいい。馬鹿特有の先延ばしにする悪癖だと言えなくもないが、ポジティブ思考には欠かせない技の一つなのだ。

そう自分に言い聞かせ、納得するしかない。

ふと足元を見ると、地を這う蝉に大量の蟻が群がっている。死にかけた蝉は、何かを訴えるようにジッと鳴いた。


鴨川デルタに戻った頃には、辺りが闇に包まれていた。賀茂大橋の街灯が、夜の境界線を曖昧にしている。

夜の鴨川デルタは、昼間とは打って変わって無法地帯と化す。質の悪い大学生と奇抜な髪色のバンドマンの割合が急増し、夜な夜な酒盛りに興じる姿が散見される。特に、夏の夜中は服を着ている男のほうが珍しく、アルコールの魔力を借りて競うように馬鹿の限りを尽くしているのだ。

そんな馬鹿の巣窟には似つかわしくない空気を、俺たちは漂わせていた。黒染めした顔は公衆トイレで洗い流し、今はしっかり制服を纏っている。

「……今日のドッペリンに、怪しいところはなかった」

ドッペリンの所感を伝え終えた俺は、深谷の意見を目で促した。

「なるほどねえ。ドッペリンちゃんの振る舞いが演技なら、こっちも強く出られそうだが……」

「ああ。でも、もし凛を殺した記憶がないなら……」

俺は言い淀む。もし記憶喪失が演技でないとすれば、凛の怒りはやり場のない感情となってしまう。そんなの、あんまりではないか。

俺と深谷は顔を見合わせるが、何も言い出せなかった。

「私は、とにかくもっと情報を引き出したいです。殺害するのか、受け入れるのか……それを判断するためにも、もっと」

しびれを切らしたように凛が発言する。その語気は力強く、なんとか前を向こうとする意思が伝わってきた。

「要するに、作戦継続だな」

「はい。先輩方には、私のドッペルゲンガーともっと仲良くなってもらいます」

確かに、今日の会話だけでは決断することはできない。仲良くなればボロを出すかもしれないし、些細な違和感が突破口になるかもしれない。希望的観測ではあるが、今はそれに賭けるしかないだろう。

「仲良くなって、ドッペリンちゃんに惚れられたらどうしようかね」

重い空気を吹き飛ばすように、深谷が悩む素振りを見せる。

「深谷先輩は絶対にないので、安心してください」

「まさかの断言」

「当然です。初対面で放屁されたんですよ？　落としたデリカシーを拾ってから出直してください」

うん、あれは俺から見てもアウトである。初対面の屁は、どんな第一印象も吹き飛ばしてしまう。

「じゃあ、墨染はどうよ？」

「す、墨染先輩ですか？　そ、それもないですよ……はい……」

凛は視線を逸らし、ごにょごにょと言葉を口内でかき混ぜている。

「なんか俺と反応違くね？」

「い、一緒ですよ一緒！　大体、馬鹿と馬鹿なんて比較しようがないです！　どんぐりですよ、どんぐり！」

なぜ、告白してもいないのにフラれるのだろうか。おしえてかみさま。

「仕方ねえ、こうなったら肉体美で魅了するしかねえな」

深谷は素早く立ち上がり、ワイシャツを再び脱ぎ散らかした。

「ち、ちょっと、なんで脱ぐんですか」

「男の魅力は健全な肉体に宿るんだよ！　なあ墨染？」

こう言われたら、乗っかるしかない。

「そうだな。年上の魅力、とくと味わえ小娘がッ！」

「そんなすっぱそうなもの、味わいたくないですよ！」

凛が大声で訴えるが、あえて無視してポージングを決める。

「ほうら、撮影するなら今だ」

「しませんってば」

「でも、写真は好きだろ？　ドッペリンは、こういうのが逆にエモいって言ってたぞ」

「なんでもいいってわけじゃないですから」

凛は両手の指をカメラのフレームのように組み合わせ、空っぽのレンズを夜空に向ける。

「私は、記憶を切り取るような一枚が好きなんです。何年経っても、それを見るだけで思い出せるような」

「なるほど、つまり今だな」

「今すぐに忘れたい光景なんですけど」

「まあそう言うなって。ほうら、これもひと夏の思い出だ」

「あーもう！　ホント、なんでそんなに馬鹿なんですか！」

呆れる凛をよそに俺たちがパンツ一枚で踊っていると、一升瓶を小脇に抱えた大学生がいきなり声をかけてきた。

「なんだなんだ、なんの騒ぎだァ？」

明らかに泥酔しており、呂律も回っていない。後方には似た雰囲気の大学生が十人以上たむろしている。大方、騒ぎを聞きつけて寄って来たのだろう。

俺はこの大学生から、同志の匂いを瞬時に嗅ぎ取る。なぜなら、娯楽を探して彷徨う亡霊のような目をしているからだ。

――そうか、楽しみたいのか。

大学生の望みを察した瞬間、天啓とも言うべき素晴らしい作戦を思いついた。もしこれが成功すれば、俺たちは最強の武器を手に入れる。

「凛、喜べ。これでドッペリンの調査が楽になるぞ」

「どういうことですか……？」

「まあ見てな」

俺はニヒルに見えるであろう笑みを作り、大学生の前に躍り出る。そして、夜空を貫くような大声で提案した。

「そこの先輩、娯楽を模索している最中だとお見受けする！　衣服と別れを告げ、世のしがらみから解放されませんか！」

しばしの間、静寂が鴨川デルタを支配した。

「墨染先輩、何言ってるんですか」

「まあ見てなって」

俺の提案に何かを感じ取った大学生は、満足そうに口角を上げる。その瞬間、作戦の成功を確信した。

「……いいねえ、少年。皆の者、脱ぐぞ！」

泥酔した大学生の呼びかけに応じた同志が、一斉に集まってくる。

ここから先はもう、言葉など必要ない。

大学生の背後から、一人、また一人とパンツ姿の男が増えていく。

脱ぎたがる馬鹿の群衆心理とは恐ろしいもので、鴨川デルタにいた男共は、争うように衣服を脱ぎ散らかした。異常とも言える熱気が、賀茂大橋にいる馬鹿共に伝播していく。

「なんか知らんが、阿呆な真似をしとるぞ」

「混ざれ混ざれ。なんたって、夏だからな！」

肉体の展覧会を目の当たりにした馬鹿共が、頭の悪い掛け声で頷き合う。そして、両側の土手から、パンツ一枚の男が水飛沫を上げ続々と鴨川デルタに駆け寄ってくる。追加投入された馬鹿共の群れに、凛は短い悲鳴を上げる。

馬鹿と阿呆が入り乱れ、またたく間に鴨川デルタがパンツ姿の大学生で埋め尽くされる。変態の満員電車の如き地獄絵図はこの世のものとは到底思えず、発破をかけた張本人とはいえ予想以上の光景だった。

「墨染先輩、私……離脱してもいいですか」

「いいわけないだろ、楽しまなきゃ損だぞ」

「女子高生が楽しめるコンテンツじゃないです」

「安心しろ、パンツで隠れてるから全年齢対象だ」

俺が断言すると、凛は深い溜息をついた。

「穿いてればいいってわけじゃないですよ。……大体、なんで皆して簡単に脱ぐんです」

「大学生はな、高校生より馬鹿なんだよ」

「退化してるじゃないですか」

「まあそう呆れるな、これも作戦のうちだ」

俺は深谷の腕を掴み、ひしめき合う裸体の中央に突っ込む。戸惑う深谷を無視して、高らかに主張した。

「ここに集まった先輩方をどうしようもない馬鹿と阿呆と見込んで、一つお願いがあります！」

裸体の男たちは、にわかにざわめき始める。「なんだなんだ」と期待を込めた眼差しを向ける者や「誰が阿呆だ」とブーイングをする者、そして事の成り行きを無言で見守る者。俺と深谷は、様々な馬鹿と阿呆の注目を一身に浴びる。これで舞台は整った。

「妄言だと一笑に付されるかもしれませんが、俺たちは幽霊の少女を救うために奔走しております！」

鴨川デルタが、水を打ったように静かになる。嘲笑する者は一人もおらず、皆が真剣な眼差しを向け、言葉の続きをそわそわと待ち侘びていた。

「しかし、俺たちはまだ無力な未成年であり、行動には限界があります！　そこで折入って先輩方にお願いがあります。何卒お力添え頂けないでしょうか！　報酬は何もありませんが、楽しさは保証致します！」

そして、俺は一気に畳み掛けた。

「美少女を助けたいかぁぁぁッ!?」

その刹那、熱狂が鴨川デルタを包み込む。歓声がうねりを上げて真夏の湿度と混ざり合い、灼熱地獄のような息苦しさを連れてきた。「俺にも幽霊の女の子を見せてくれ」だの「俺に鞍替え（くらが）しないか」だの、戯言（たわごと）がちょいちょい聞こえるが、まあいいだろう。

これで『数』という強力な武器を手に入れた。

裸になれば心は一つ。裸体高揚（ヌーディスト・ハイ）の状態に陥った男たちを扇動するのは、赤子の手をひねるより簡単なのだ。

「……墨染先輩、何を考えてるんですか」

「戦において大事なのは数なんだよ」

「はぁ」

「今にわかる」

俺は適当に大学生を捕まえ、手早く連絡先を交換する。そしてメッセージアプリで、『鴨川デルタ～肉体展覧会～』と名付けたグループを作成し、ここにいる大学生に参加を呼びかけた。みるみるうちに通知が増えていき、やがて総勢三十人の集団と化した。これだけ集まれば問題はあるまい。

「感謝の極みです！　じゃあこれで失礼しますね！」

強力な武器を手に入れた俺たちは、適当な挨拶で切り上げてそそくさと鴨川デルタを後にした。

脱ぎ散らかした制服を身に纏い、川端通を北上する。大学生の馬鹿騒ぎを、遥か後方に置き去りにしたところで、黙り込んでいた凛と深谷が同時に口火を切った。

「先輩、説明してください」

「流石（さすが）の俺も、お前が何を考えてるかわかんねぇ」

疑問はごもっとも。説明がなければ、ただ大学生と裸で乱れ合い意気投合しただけである。俺は少し勿体ぶりながら、二人にこう告げた。

「……これは、馬鹿と阿呆で構成された監視カメラだ」

俺は言葉を選びながら、作戦の全貌を明らかにした。

まず、ドッペリンの写真をグループに投下する。見目麗しい少女の姿に、野郎共は色めき立つだろう。しかし、特別な調査は求めない。街でドッペリンを見かけたら、その様子や挙動を教えてくれるだけでいいのだ。

凛にあらかじめ行動スケジュールを聞いておけば、ドッペリンの出現場所は自ずと絞られる。情報を共有すれば、大学生たちは探偵ごっこに興じる。さすれば、大量の目撃情報が送られてくるだろう。情報を一つ一つ精査し、凛とは異なる要素が垣間見えたら、ドッペリンはクロに近くなる。

説明を聞き終えた凛は、振り絞るように疑問を口にする。

「……大学生の方々が、そんな簡単に動きますか？」

「大丈夫だ。あの人たちは馬鹿と阿呆だ」

「どういう意味ですか」

「俺なら動く。つまり、あの人たちも動く」

美少女の調査など、名探偵やベテラン刑事の気分を手軽に味わえる最高の料理である。見返りなどなくても、楽しさを求め彷徨う馬鹿共は確実にノリで動く。

「なりふり構わない作戦ですね……」

「何も考えてないようで考えてるよな、お前」

「そうだろう、そうだろう」

「だが嫌いじゃない。むしろ好きだ」

賛同する深谷とは対照的に、凛はなおも難色を示す。

「ドッペルゲンガーの私を、集団でストーキングして監視するんですよね？　訴えられたら負けますよ」

「逆に、訴えられなきゃ勝てる作戦だ」

俺は息を大きく吸い込み、勢いよく宣言した。

「只今より【肉眼監視カメラ作戦】を開始する。ドッペリンの善悪を見極め、いい子の正しい復讐劇を繰り広げようではないか！」

「血が滾るぞ墨染ェ！　これはもはや、俺たちだけの戦いではなく、京都の町を巻き込んだ聖戦といっても過言ではない！」

「す、救いようのない馬鹿たちだ……」

凛の冷めたツッコミが飛んできたが、そんな一言では止められない。川端通をさらに北上しながらぎゃあぎゃあと騒ぎ散らかし、一乗寺付近で解散する。なんだか心地いい満足感で胸が満たされていた。

「ああ、楽しいな。こんな日々が続けばいいのにな。明日はもーっと楽しくなりそうだな、凛？」

「こんな日々が続いたら三日で発狂します。明日からは真面目に手伝ってくださいね」

そう言い放つ凛の表情は、蒸し暑さを吹き飛ばすほど冷めきっている。

「せーんぱいっ、幽霊って、呪い殺したりもできちゃうんですよ？」

氷室もかくやの寒々しさに、身体の芯から凍てついてしまう。

「誠に申し訳ありませんでした！」

俺はアスファルトに額を擦りつけ、勢いよく土下座を披露する。人肌に近い地面の温度が、いつもと違う夏の到来を予感させた。

第三章　馬鹿と写真とドッペルゲンガー

日本全国に配置された監視カメラの台数は、数百万台にのぼるらしい。犯罪抑止や逮捕の決め手となる神の目の如き装置である。

だが、馬鹿の目も中々捨てたものではない。

大学生が血眼（ちまなこ）で美少女を捜索する超アナログの監視カメラは、僅か一日で数十件の目撃情報を提供する高精度のシステムと化した。

『例の美少女は鴨川沿いを散歩中。可愛い』

『三条のコーヒーショップで発見。豆乳ラテですって^_^』

『さっき書店で文庫本買ってたよ！』

グループに投稿される目撃情報は、概（おおむ）ねこんな調子である。大学生は、とにかく暇なようだ。

そんな敬愛すべき馬鹿共の頑張りの甲斐もあり、俺たちは情報の精査で忙殺されていた。河原町（かわらまち）にあるハンバーガーショップのボックス席は、作戦本部さながらの熱気を放っている。

『柳高校の校門で待機してたら職質された笑』

『話しかけたら、怯えられたんだが』

『接触すんなカス』

『際どい下着屋にいたら興奮するのにな』

『わかる。下着は攻めててほしい』

ドッペリンの目撃情報と大学生の妄想が入り交じる地獄のグループトークは、洪水の如き速さで流れていく。今日は土曜日なので俺たちは休みだが、大学は土曜日も講義が行われているはずである。お前ら勉強しろと言いたくなるくらい、ドッペリンにべったりであった。

「これ、本当に犯罪ですよ？」

凛は俺の頭上に浮かびながら、湿度の高い視線を向けてくる。

「情報提供元は凛だし、その情報を元に白谷凛の監視を行っている。つまり本人の合意の上で成り立っていると捉えてもいいのでは？」

「詭弁ですね。裁判では通用しませんから」

俺たちのやり取りをよそに、深谷がポテトを口に放り込みながら、情報を一つずつコピーしてメモ帳アプリにペーストしている。高速で流れるグループトークの全てを肉眼で把握するのは不可能なので、こうして深谷が有益な情報のみをピックアップしているわけだ。ストーキングを効率化したところで将来の役には立たないが、俺たちは本気だった。

「じゃあ、さっき届いた分を確認するか」

深谷のスマホから送られた情報を元に、凛と答え合わせをしていく。

「豆乳ラテは好き？」

「好きですね、よく飲んでました」

「文庫本をよく読んでいる？」

「月に数冊程度は読みますよ」

「際どい下着を穿いてたりする？」

「ブチ殺しますよ。マジで」

深谷がケラケラと笑うが、凛は不動明王が憑依したような形相で俺を睨みつけている。経験と本能で死を察した俺は、慌てて目線を逸らして情報を精査する機械と化した。

「えっと、次は……写真が好きなんだよな」

「好きですけど、なんでですか」

「ミラーレスカメラ片手に、鴨川沿いを散歩中だとよ」

ここにきて、凛の回答に間が生じる。

「そんなの持ってませんけど。あ、でも……カメラを買う貯金はしてました」

俺と深谷は顔を見合わせる。ようやく、凛とドッペリンに異なる要素が生まれたのだ。鼓動が徐々に加速する。

「つまりドッペリンは、自分の意思で購入したのか」

「まあ、凛ちゃんと同じ脳なら違和感はないけどな」

深谷の言うとおり、凛がデジカメを購入するためにお金を貯めていたのなら、ドッペリンが同じ用途で購入するのはなんらおかしくない。

「でもこれって、凛の人生にはなかった行動だよな。追跡すれば何かしらの綻び（ほころび）が見つかるかもしれんぞ」

「確かにそうですね。私のスケジュールをなぞって生活している限りでは、好みの相違もないですし……ひとまず動いてみましょうか」

俺と凛は頷き合い、席を立つ。

だが、深谷が起動しない。

「待って、まだポテト大量に残ってるんだけど」

「大丈夫。深谷なら一口だ」

「無理無理、顎（あご）が外れる」

「羽目（はめ）と顎（あご）は外れるくらいで丁度いいんだよ」

「なんですかその持論」

深谷が売れ残った犬のような眼差しで助けを求めてくる。仕方がないので、席に座り直してポテト退治を手伝ってやる。しかしまあ、ポテトは減らずに口の中の水分ばかりが失われていく。

「深谷。これはアレだな」

「ああ、いつもの胃袋上限突破（フライドポテト・マジック）だ」

「なんですか、それ」

「説明しよう。ハンバーガーショップに来ると自分の胃袋を過信し、俺たちはいつも後悔をしている。それなのに、次に来店したときにも同じ過ちを繰り返してしまう」

そう。この空間では「なんか今日はいっぱい食えそうな気がする」と根拠のない自信が、湯水のように湧いてくるのだ。その結果、自分の胃袋を超越した量の注文をしてしまう。何度も、何度でも。

「それはさながら魔法の如し」

「――故にこう名付けられた」

「胃袋上限突破（フライドポテト・マジック）！」」

「ほんっと人生楽しそうですね」

呆れる凛を宥め（なだ）ながらポテトに手を伸ばすが、食えども食えども減る気配を見せない。箱の中で繁殖しているのかと疑うほどに、芋の妖怪が猛威を奮っている。

「深谷。無理だ、持って帰ろうぜ」

「だな。これ以上は芋が嫌いになる」

深谷はリュックからタッパーを取り出し、宝石店に押し入った窃盗団のような手付きでトレーのポテトをかき集めた。

「いつもタッパーを持参してるんですか？」

「魔法にかかるのを、予見しているからな」

「……そういう学習能力はあるんですね」

それ以上、凛は何も言わなかった。

ハンバーガーショップを後にすると、真夏の洗礼が容赦なく全身を襲う。土曜日の四条河原町は人が溢れかえっており、嫌になるくらいの熱気が波のように押し寄せた。

「そういえば来週って前祭だよな」

「ああ、もうそんな時期か」

夏の京都の風物詩でもある、祇園祭の囃子が四条河原町のアーケードに流れていた。

――こんこんちきちん、こんちきちん。

一ヶ月ほど行われる祇園祭の中でも、特に多くの人が集まる宵山には、前祭と後祭の二つが存在する。七月の十四日、十五日、十六日は前祭にあたり、十五日と十六日には京都の街に屋台がずらりと並ぶ。

豪華絢爛な山鉾や、駒形提灯がぼんやりと輝く夜の幻想的な光景は圧巻だ。香川の田舎から出てきた俺は、感動して言葉が出なかったほどである。我が故郷の丸亀市綾歌町には、夜に輝く物体など街灯とコンビニしか存在しないのだ。

「お祭り、行きたかったなぁ」

凛がぽつりと呟く。とても小さなその声は、独り言だろう。事実、喧騒にまぎれて深谷の耳には届いていない様子だった。俺はなんでもないように、同じくらいの声量で返事する。

「一緒に行くか、宵山」

「あれ、聞こえてたんですか」

「凛たんの可愛い声は、全て俺の耳に届くからな」

「そのシステム解約したいんですけど」

「うちそういうのやってないんで」

「悪徳業者じゃないですか」

凛はそう吐き捨ててから、大きな瞳で俺を覗き込んだ。

「……先輩、私はもう死んじゃってるんですよ。祭を楽しむ権利なんて、とっくにないんです」

力なく微笑む凛は、今すぐ消えてしまいそうだった。

生きている俺と、死んでいる凛。行動を共にしていても、同じ風景を同じようには楽しめないのだと諦観しているのがひしひしと伝わってくる。

本当に楽しめないのだろうか。いや、違う。そんなことはない。それは凛が決めつけているだけだ。凛は間違いなくここに存在して、幽霊として生きている。別れを迎えるその日まで、楽しむ権利は絶対にあるはずなんだ。

「俺ァ馬鹿だからサ、よくわかんねえけどヨ。祭っていうのは本来は死者の魂を鎮めるために行われた祈願なンだよ。むしろ、死んでからが主役だ。凛は誰よりも祇園祭を楽しんで然るべきだと思うんだ。そういうモンじゃねェか？」

「めちゃくちゃ理解してる馬鹿じゃないですか」

凛はへにゃっとした笑顔を向けた。俺はどうもこの表情に弱いようで、思わず視線を外してしまう。夏の暑さとは異なる熱が、全身に渦巻いた。

「なんなんでしょうね。墨染先輩と話してると、暗い気持ちが吹き飛んじゃうんですよ。何も解決してないのに」

「そっか。それなら良かった」

「お祭り。楽しみにしてますね、約束です」

凛が小指を差し出す。俺も合わせるように小指を近付けると、凛の表情はさらに綻ぶ。

存在しないはずの温もりが、小指に伝わった気がした。

俺たちは四条大橋の東詰に陣取り、橋の欄干にもたれてドッペリンを観察していた。紺のマキシワンピース姿でご機嫌そうに歩くドッペリンは、先斗町から鴨川に突き出る納涼床を撮影中の様子である。

「おうおう、すっかりカメラに夢中だなァ」

「#ファインダー越しの私の世界ってかァ？」

「ヒッヒッヒッ！　俺たちもタグ付けしてくれよォ」

「こちとらずぅーーっと検索待ちだぜェ！」

「なんですかそのキャラ」

深谷は凛の冷ややかなツッコミを浴びながら、持参した双眼鏡を覗いて笑う。人相の悪さも相まって、獲物を物色する人攫い(ひとさら)にしか見えない。その感想は通行人も同様らしく「ヤクザだよヤクザ」や「ついに抗争か」などといった呟きが耳に届く。

「深谷先輩、目立ってますよ」

「男は目立ってナンボだよ、凛ちゃん」

「おまわりさんがウォーミングアップしてますけど」

「マジかよ。散ッ！」

深谷は目にも止まらぬ速さで走り出し、京阪電車の地下通路へ消えていく。逃げ足だけは一級品なので、放置していても特に問題はないだろう。

それよりも、問題は別のところにある。

鴨川沿いを歩きつつ、納涼床と夏空の写真を撮影しているドッペリン。それ自体は微笑ましい光景である。額縁に収めたい程に絵になっている。京都市の観光協会が放っておかないであろう。

だが、周囲が非常によろしくない。

人の理（ことわり）を外れた大学生共が、悪霊のようにドッペリンに付き纏っているのだ。当のドッペリンは撮影に夢中なので、半袖チェックシャツの魑魅魍魎（ちみもうりょう）には気が付いていない様子だった。

「先輩。被告人質問の練習をしておきましょっか」

「凛たん。なんで俺が起訴される前提なの」

「完全に何らかの法に抵触してますよ。もうボディガードの距離じゃないですか」

確かに異様である。あそこまで人数が多いと、もはや少女を介した競技だとでも説明されたほうが腑に落ちる。監視をしてくれと頼んだのは俺だが、おはようからおやすみまで暮らしを見つめろとは言っていない。

「でも、実害はないからいいんじゃない」

「校門前で張り込みされてましたよね」

「……今からドッペリンに接触するけど、凛はどうする？」

「あー、無視した！」

頬を膨らます凛を見る限り、今は精神が安定している。ドッペリンの前で理性を失って、ドス黒モードを発動する心配はなさそうだ。

「ドッペルゲンガーから私は見えないはずなので、今日はついて行きます」

「わかった。無理はするなよ」

俺たちは橋の脇にある石段を下り、鴨川沿いの土手に降りる。ドッペリンとの距離はおよそ二十メートル。風良し、日差し良し、空腹感もまるでない。ドッペルゲンガーと相対するには絶好のコンディションだ。

俺の足音に反応したドッペリンが、こちらを見る。どうやら、タイミング良くカメラから目を離していたらしい。

「墨染先輩じゃないですか！　奇遇ですね」

満面の笑みである。どう捉えても、俺に対して心を開いている。あとは適当に洒落込んだカフェにでも誘えば、情報を引き出すことなど造作もないだろう。これにて戦の下地は整った。さぁて、見せつけてやろうぜ凛。絆ってやつをよ。

爽やかに片手を挙げたその瞬間、俺の視界が空を捉えた。

「は？」

わけがわからず、間抜けな声が漏れる。首をずらして横目で確認すると、むさ苦しい男の顔が眼前にある。そこでようやく、自分が仰向けの状態で担がれているのだと理解した。

「おい少年。話が違うんじゃねえかぁ？」

「幽霊の美少女を助けると聞いていたが、美少女とお近づきになるために、利用したのか」

「ここから先は、倫理など存在しないぞ」

「最期の空を堪能するがいい」

俺を頭上に掲げる色とりどりの津波。もといカラフルなチェックシャツを身に纏う魑魅魍魎（ちみもうりょう）が、口々に恨み言を吐き散らす。どうやら、ドッペリンの監視をしていた大学生たちに連行されているようだ。盛大な勘違いを添えて。

「こ、これも美少女を救うために必要でして……」

俺は咄嗟に弁明するが、大学生には響かない。

「犯罪者は皆そう言うんだよ」

「俺らは今、聞く耳をもっていない」

「法律が助けてくれると思うなよ」

「祈れ、少年。それが唯一できる償いだ」

駄目だ。バーサーカーと化した大学生とまともな話し合いはできない。

「先輩、どうするんですか」

ふわふわと宙に浮かぶ凛が、心配そうに小声で囁く。流石に命の危険はないと思うが、ネジの外れた大学生など、何をしでかすかわからない。

魑魅魍魎の特急列車は、先斗町へ通じる小さな坂を駆け上がり俺の身体を裏路地へと連行する。昼間なのに人気はなく、さながら地獄の入口のような雰囲気が漂っていた。

「さて、少年。説明してもらおう」

どさり、荒々しく石畳に降ろされた。凛がおろおろしながら、様子を窺っている。

俺を囲む大学生は六人。とても荒事に向いているタイプには見えないが、男は女が絡むと総じて阿呆と化す。もともと阿呆であれば、ドが付く阿呆になる。つまり目の前の大学生たちは、リミッターが外されたドドド阿呆と成り果てたのだ。

大学生たちは俺の言葉を静かに待ち、油蟬の声だけが空間を支配する。嫌な汗が止まらない。

「少年。言い残すことはないな？」

大学生の一人が、裁判官の如き厳粛さで静かに告げる。傍から見れば絶対絶命の大ピンチなのだが、この窮地を切り抜ける策はすでに思い付いていた。しかし、これは後々面倒なことになる。

ただ目の前の大学生たちはこれ以上、待ってくれないだろう。何をされるのか不明だが、一刻の猶予もないのは間違いない。俺は覚悟を決めて、魔法の言葉を繰り出した。

「年下の彼女、欲しくないですか……？」

その刹那、大学生たちの表情が変わった。明らかに悩んでいる。自分たちを利用した者への制裁と、薔薇色のキャンパスライフを天秤にかけている。ここを好機と睨んだ俺は、一気呵成に畳み掛けた。

「僕は、あの美少女に告白します。もし成功すれば、貴方たちは女子高生と繋がる太いパイプが手に入ります。しかし、激情に身を委ねて僕を断罪してしまえば、貴方たちに残るものは何一つありません！」

俺は立ち上がり、大袈裟に拳を掲げる。

「皆で幸せを掴みましょう。僕が……いえ、僕とあの美少女が、貴方たちの人生を薔薇色に彩る架け橋となるでしょう！」

これで勝負は決した。俺の言葉に感激した大学生が次々に近寄り抱擁を要求してきた。汗にまみれた男の嫌な臭いがしたが、ぐっと我慢する。

「少年……信じていたぞ」

「お前は見所のあるやつだと思っていた。やはり持つべき者は、優秀な後輩だ」

見事なまでの掌返しに呆れるしかないが、ここは合わせておく必要がある。俺たちは兄弟のように肩を組み、意味のわからない歌を口ずさんでから解散した。これで、大学生の群れに屠(ほふ)られる最悪のシナリオは回避したのだ。

　ドッペリンと恋人になるという余計なミッションが追加されてしまったが、情報を引き出すにはどのみち親密になる必要がある。

「凛。安心しろ、とりあえず窮地は脱した……」

　そう言いながら振り返ろうとしたが、できなかった。

　凛の視線が刺さっているであろう首筋に、紙やすりで撫でられたような痛みが走る。本能が、直感が、神経全てが死の恐怖に怯(おび)えていた。この感覚は、嵐山で発情期のニホンザルに追いかけられたとき以来だ。

「先輩。ドッペルゲンガーと付き合うんですか？」

「いや、それはほら。咄嗟の提案で」

「そんなのも、ノリで決めちゃうんですか？　私とお祭りに行く約束をしておいて、あんな女と付き合うとか言っちゃうんですか。へぇー、そうなんですね」

　目の前の景色がぐにゃりと歪む。凛から溢れ出るドス黒いオーラが、肌を切り裂くような空気と化す。おいおい、こんなのアリかよ。窮地を脱した先も窮地なんて、誰が予想できるだろうか。

「いや、ちゃう。ちゃうんすよ！」

「墨染先輩の馬鹿ーッ！」

これヤバいやつやん、と察した瞬間、いつか見た黒い風が俺の身体を吹き飛ばす。

そのまま民家の壁に背中をしたたかに打ち付けた俺は、呆気なく意識を手放した。

背中に残る鈍い痛みと、得も言われぬ不快感からどうにか身体を引き上げて、意識をむりやり覚醒させる。

確か、凛に吹き飛ばされたんだっけか。

現状を確認し、まず理解できたのは頭部に伝わる生温い感覚。どうやら、濡れたハンカチが乗せられているらしい。そして、今いる場所は路地裏ではなく、先斗町の中にある小さな公園のようだ。

それだけなら良かったのだが、なぜか俺は半裸であった。

「墨染先輩、気が付きましたか！」

紺碧(こんぺき)の瞳に涙を溜めて微笑む凛が、俺の顔を覗き込む。差し出された白い手を掴んだところで、目の前にいるのはドッペリンだと気が付いた。

「心配したんですよ。いきなり攫われちゃうし」

「あれは、俺も驚いた」

「半裸で倒れてるし」

「それは、今も驚いている」

なぜ俺は半裸なのか。その原因を思い出そうと頑張ったのだが、ドッペリンの後方で仁王立ちを決め込む半裸の深谷を見つけたせいで余計に混乱してしまう。地獄か。

「おう墨染。気が付いたか」

「これは夢か。とびきりの悪夢か？」

「残念ながら現実だ」

深谷が静かに宣告する。これが現実ならば、本当に残念極まりない。テンションが下がった状態で目にする男の裸体など、毒物となんら変わりないからだ。

「なぜ、深谷は半裸なんだ」

「警察に追われてこうなった」

「なるほど。それならば半裸になるのもやむなし」

「えっ、私にはまったくわからないメカニズムなんですけど」

ドッペリンが呆れたような声を漏らす。

「ちなみに、俺はなぜ半裸なんだ」

「知らん。まあ倒れていたら半裸にもなるさ」

「そうだな。これもまたやむなし」

「……これって、私の理解力が足りてないんですかね」

ドッペリンは戸惑っているが、適当に会話しているだけで俺も理解できていない。

「わかっているのは、警察を振り切る道すがら、たまたま見つけたお前をここまで運んだってことだけだ。その後、この子が追いついてきた」

なるほど。事の成り行きを受け入れ、ゆっくりと立ち上がる。

そういえば凛はどうしたのかと辺りを見渡すと、緑の葉を揺らす木の下でこちらをじっとり睨んでいた。ああ、これは間違いなく現実だ。ご機嫌を取る必要がありそうだが、ドッペリンの前では迂闊（うかつ）に話しかけられない。

「それより先輩、さっきの件を通報するべきですか？」

ドッペリンが素早くスマホを取り出す。俺があの大学生たちに、乱暴されたと思い込んでいるのだろう。

しかし、警察を呼ばれると、俺のストーキング作戦が発覚してしまう。逃走劇を繰り広げていた深谷もついでにお縄だ。深谷も危機を察したのか、意味ありげな視線を送ってきた。俺たちは阿吽（あうん）の呼吸で意思の疎通を図る。

オーケー、深谷。全て理解した。ここは俺たちの弁説で回避するしかねえな。

俺は満面の笑みを貼り付け、ドッペリンのスマホを手で制する。

「大丈夫だよ。あれはフラッシュモブだから」

「な、なんのフラッシュモブですか」

「退屈な日常にさよならを、がテーマかな」

「……私にさよならを告げてましたけど」

ドッペリンが訝しげな目を向けてくる。ちくしょう、個の力で真面目ガールを言い包めるのは不可能だ。圧倒的にノリが足りねぇ。俺は深谷にウィンクを決めて増援を要請した。意図を察したであろう深谷が、すかさず助け舟を出してくる。

「凛ちゃん、あれはフラッシュモブだぜ」

「な、なんで私の名前を知ってるんですか？」

ドッペリンの言葉に、俺と深谷は固まった。

大失態だ。凛と接していたので失念していたが、ドッペリンにとって深谷は犬種を間違えた黒塗りの変質者でしかない。俺の友人なのは察しているだろうが、名前を知るほどの関係性は築いていないはずなのだ。

「な、名札に書いてた」

深谷はしどろもどろになりながら、言い訳を紡ぐ。

「そんなもの付けてませんよ。私は幼稚園児ですか」

「あー、違う、アレだ。墨染に相談されてたから！」

「相談、ですか？」

「そうそう。墨染が凛ちゃんとデートしたいなぁって俺に相談してたんだよ。だから名前も覚えた！」

深谷は「ファインプレーだろ？」と言わんばかりに俺を見るが、一発退場のレッドカードだ。深谷がいらんことを口にしたせいで、ドッペリンと凛の顔がみるみるうちに紅く染まっていく。言わずもがな両者の感情は対極に位置している。

「せ、先輩が私とデートですか？」

「へぇ、先輩。そうなんですか……？」

この短期間で、深谷にデートの相談などしているわけがない。冷静に考えれば凛にもわかるはずだが、先ほどの件で平常心を失っているらしい。なんとか誤魔化しつつ、話を逸らさなければ俺は死んでしまうだろう。

「デートっていうか、その、カメラ！　そう、カメラが趣味って聞いたから、教えてもらいたくて！」

「確かに写真は好きですけど、墨染先輩にそんな話しましたっけ？」

ドッペリンが首を傾げる。

違う、これはドッペリンじゃなく、凛から聞いた話だ。

ややこしすぎる。ただの日常会話なのに、脳トレに近い判断力が要求されている。

冷や汗で背筋がびしょ濡れになるのを感じながら、なんとかこの場を取り繕う。

「いやほら。カメラ好きそうな顔してるし」

「どんな顔なのか、説明を要求します」

「か、カメラが映えそうな美少女ってことだよ」

「ふふっ。なんですかそれ。からかってます？」

ドッペリンが恥ずかしそうに笑う。

その瞬間、視界の端にドス黒いオーラがちらついた。怖くて直視できなかったので、ひとまずはドッペリンに集中する。すまん、五分後の俺。今の俺のため、死を覚悟してくれ。

「あ、そうだ。先輩、良かったら、来週の日曜日にお出かけしませんか？」

「い、いいねぇ。どこにでも行っちゃおう。なんなら、今すぐ遠い所に行きたい気分だ」

「ふふっ、今すぐは無理ですよ」

ドッペリンは冗談だと思っているだろうが、俺はいたって本気である。凛に右側から「じゃあ地獄なんてどうですか」と囁かれているが、幻聴だと思い込むことにした。

「墨染、来週って祇園祭じゃなかったか？　出掛けるにしても観光客まみれじゃね」

「ああ、確かにそうか」

「それじゃあ墨染先輩。その、先輩が良ければなんですけど、祇園祭に一緒に行きませんか？」

ドッペリンが、頬を薄く染めながら提案してきた。

砂糖菓子のような、甘ったるい空気が肌にまとわりつく。これはもうデートの誘いではないか。いくら馬鹿な俺とはいえ、ここまであからさまに感情を向けられると、好意を察してしまう。これが演技だとしても、俺は甘んじて受け入れる。

しかし、状況が悪すぎる。

元々、祇園祭に行く約束は凛と交わしていたのだ。屋台が並ぶのは二日間なので、一日目を凛、二日目をドッペリンに割り振ればなんとかなるのだが、この場で快諾したりしたら即座に殺されるだろう。

俺の沈黙を否定と受け取ったのか、ドッペリンが悲しそうに瞳を潤ませて「駄目でしょうか」などと呟く。謎の罪悪感に、心臓が爆散しそうだった。

ああ、駄目だ。こんな美少女の誘いを断れるわけがない。

ほぼ同一人物の別人と二日連続で祭りに行くという、極めてややこしい事態になってしまうが致し方ない。全てを丸く収めるには、ドッペリンの提案を受け入れつつ、凛のカバーもする。これしかないのだ。

「よし、じゃあ日曜日に行くか。俺は土曜日も行くけどなー！　あー、どっちも楽しみだなー!!」

俺は凛の方向をちらちらと見ながら、忘れてないよとアピールする。しかし、凛は穿（うが）つような眼光で俺とドッペリンを交互に睨んでいる。どうすればいいんだ。何が正解なのだ。前門の虎、後門の狼としか言いようがない状況に涙が溢れそうになる。

「いっぱい写真を撮りたいです。先輩！」

「……写真か。俺の遺影になるかもしれんな」

俺の状況など知る由もないドッペリンは、無垢な笑顔ではしゃいでいる。

「終活が早すぎませんか？」

「あながち早いとも言えんのだよ」

「変な人ですね、本当に。あ、それより連絡先を教えてください！」

ドッペリンはいそいそとスマホを取り出し、深谷に笑顔を向けた。

「そっちの変態さんも、良かったら交換してくれませんか？」

「嬉しさと悲しさがちょうど半々だ」

変態認定された深谷は複雑な表情をしながらも、ドッペリンと連絡先を交換した。これで俺たちは、何気ないメッセージのやり取りでもドッペリンを調査できるようになった。大きな前進だろう。

「あ、スミマセン。私から誘っておいてなんですけど、日曜日は病院に行くので夕方からでもいいですか？」

「病院って、どっか悪いの？」

いきなり飛び出した単語に、思わず緊張が走る。これもカメラと同じく、凛の生活とは乖離(かいり)した単語のはずだ。俺は慎重に続きを促した。

「前に話した記憶喪失の件で」

「ああ。アレか」

「何かを忘れるのって、怖いですよね」

ドッペリンが力なく笑う。

たしか、一週間ほど記憶が抜け落ちたと言っていた件だ。念押しの演技なのか、本当に記憶がないのかわからない。もし記憶喪失が本当だとすれば、それはドッペルゲンガーの特性なのだろうか。それとも、ドッペリンが凛と成り代わる際に、何らかの問題が生じたのだろうか。

――うん、今考えても全然わからんな。

謎が新たな謎を生む状況ではあるが、一つずつ解決していくしかない。その後は特に有益な情報はないまま、「そろそろ友達と約束があるので」と、ドッペリンはすたこらと去っていった。

公園にぽつんと残された半裸の俺たちは、とりあえず顔を見合わせる。

「あれさ、お前に惚れてんじゃね」

「自惚(うぬぼ)れたくはないが、俺もそう思う」

「ドッペルゲンガーと付き合う気か？」

「いや、流石(さすが)にそれは」

俺たちがコソコソ話していると、半ば悪霊と化した凛がゆっくりと近づいてきた。

「すみぞめせーんぱい？」

首を傾け、やけに明るく俺の名を呼んでいる。仏間に充満する線香のような、死の香りが漂ってきた。

「お前さ、凛ちゃんに何したの」

「かくかくしかじかでな」

「その表現で許されると思うなよ」

「たぶん、めちゃくちゃ巨大な餅を焼かれている」

「ほう。ようやくお前にも春が来たか」

「今到来してるのは大寒波だがな」

目の前に浮かぶ凛が、ぐわっと口を開く。死を覚悟して目を瞑るが、何も訪れない。

「……なんて、冗談ですよ。構えないでください。少しだけ、お話ししてもいいですか」

そう呟いた凛の声は、いつも通りの声色に戻っていた。先程までの怒りはどこへやら、涼し気な顔でこちらを見つめている。感情の振り幅が大きすぎて逆に不気味だったが、いまの俺に選択肢はない。

「ああ、いいぞ」

「自分の目で判断したかったので、先輩方には伝えてなかったんですけど……あの子は嘘をついてないと思います。私、嘘をつくときは右上を見る癖があるらしいので」

俺たちは何も言えなかった。

なぜならば、静かに告げられたその言葉は、凛の復讐心が行き場を失ったのを意味していたからだ。

人間は嘘を並べる際、ほぼ必ず癖が現れる。たとえば、顎(あご)や鼻の周りを触ろうとする『なだめ行動』といわれる仕草だ。これは、行動心理学でも立証されている。

俺は心理学をかじる男が嫌いだが、心理学には面白味を感じる味わい深い男でもある。俺のかじり方は他の男と一線を画しているので「キミのことは何でもお見通しなんだぜ」などと言いたげな、黒髪センター分けの男とは一緒にしないでほしい。

話が逸れた。

要するに、咄嗟の状況で嘘の仕草を殺すのは不可能に近い。スパイとして育てられたなら話は別だが、ただの高校生には会得できない芸当である。

「つまり、ドッペリンはシロってわけか」

「はい。記憶を失ったのも、通院するのも本当でしょうね」

「凛が幽霊になったのは、本当に一週間前なのか？　仮に記憶違いで、ドッペリンの証言と合わないとしたら、まだ嘘の可能性が……」

「いえ、それも一致しています。墨染先輩のアパートを訪ねるまでに、ぼんやりした頭で漂っていた期間があるんです。それを含めたら、大体一週間ほど前になるかと」

淡々と告げる凛の瞳には、何の色も浮かんでいなかった。怒りも、悲しみも存在しない。ただ、ありのままを述べているだけだ。おそらく、感情が追いついていないのだろう。

俺は天を仰ぐしかなかった。これでドッペリンを疑う理由はほぼなくなってしまった。陳腐な表現だが、どうやら神様とやらは残酷らしい。法に背く可能性があるにしても、倒すべき敵がいるほうが何倍もマシだった。

幽霊としての存在意義を失った凛は、この世界に何を望むのだろうか。

「まあ、ある程度の覚悟はしていました。今は実感がないというか、ぽっかりと心に穴が空いたような感覚ですが」

凛の笑顔は、痛々しく歪んでいた。

「凛はさ、これから……どうしたい？」

なかば無意識に、問いかけてしまう。

聞かずにはいられなかった。知らないまま流せなかった。凛がどこかにいってしまいそうで、とてつもなく怖くなった。

「まずは、事実を受け入れないとですよね」

「そ、その後は？」

「復讐はできませんからね。それに、ドッペルゲンガーを殺したら、家族や友人が悲しんじゃいます。生きている白谷凛は一人しかいないですから。……実のところ、何がしたいのかさえ、わからなくなっちゃいました」

その声は、微かに震えていた。次第に凛の瞳が揺れる。俺が近寄ろうとした瞬間、凛は堰を切ったように泣き出した。

「どうしたらいいんでしょう、墨染先輩、深谷先輩。私、どうしたらいいですか？」

凛は宙に浮いたまま、両手で顔を覆ってしまう。

伸ばした手は、やはり空を切る。触れられない。涙を拭ってやるどころか、気休めの言葉すらかけてやれなかった。凛の存在は、真昼の月のように儚い。

生温い風が吹き、木陰の輪郭がざわりと広がる。復讐の手助けから始まった俺たちの関係は、呆気なく終わりを告げようとしていた。

「私は……何をするために、こんな存在になったんですか？」

風鈴のような声が溶ける。

目的を失った幽霊はどうすればよいのか。そもそも、幽霊としての存在はどうなってしまうのか。残された彼女の人生に、正解はあるのだろうか。

様々な疑問が頭の中で循環するが、めぼしい答えには到達しない。ただ、拳を震わせることしかできない自分に腹が立った。

「いや……普通に楽しめばいいいんじゃねーの？」

静寂を切り裂くように、深谷が呟く。ふざけているのかと思ったが、その目は至って本気であり、いつものようなノリで飛び出した発言でないのが伝わった。

「楽しむ、ですか?」

「そう。確かに凛ちゃんの目的はなくなった。やるべきことがわからん状態だよな。ただ、そもそも人生なんて、やるべきことはわからないもんだ」

深谷は伸びをしながら、逆立った金髪をがりがりと乱暴に掻く。

「死んだのはどうしようもないが、幽霊として現世に残れるのは儲けもんだ。ボーナスステージだと捉えて、楽しもうぜ」

名言っぽく言っているが、半裸のせいで格好はついてない。しかし、深谷の言葉に気付かされた。

「ボーナスステージ、ですか」

「そうだ、前向きに考えてみな。人間、苦しみながら悶え死んでも何も残らねえ。でも凛ちゃんは幽霊としてこの世に存在してる。他の人には与えられなかった特別な第二ラウンドだ。楽しまなきゃ損じゃねえか?」

深谷の声が、じわりと胸に広がっていく。

凛は確かに死んでいる。それは天変地異が起きても覆せない事実であり、死んだ人間が生き返るなんてありえない。その点では不幸としか言えない。生者の俺たちが何を述べても、響かない部分もあるだろう。

　それでも、俺は凛に笑っていてほしい。そして、凛が現世から離れるときは笑って送り出してやりたい。

　初めて出会った夜、俺は確かにそう思った。たとえ綺麗事だろうが、自己満足だろうが、目の前の少女が悲しみに暮れるのを、見過ごす選択肢はない。そのために何をすべきかなんて、考えなくてもわかりきっていた。

「……あぁ、深谷の言う通りだ。凛が幽霊だろうが俺たちは同じ物を見て、同じ感情を分かち合える。別れがいつ来るのか知らんが、そのときまでは一緒に楽しもうぜ。なんたって、まだ夏休みすら始まっちゃいない」

　俺は馬鹿に徹し、凛のボーナスステージを明るく照らせばいいのだ。

「私、まだここにいていいんでしょうか」

　凛の瞳から、ぽろぽろと雫が溢れる。涙は拭ってやれないが、泣き止むまで一緒にいるくらいなら俺にだってできる。凛の目的だって、一緒に探してやればいいんだ。

「いいに決まってんだろ。凛がいなかったら、誰が俺を起こすんだよ」

　もう、迷いはない。俺は凛のそばに立ち、微笑みかけた。

「目覚まし時計を知らないんですか？」

凛は涙を流しながらも、頬を緩めている。下がった目尻とふにゃりと上がる口元が、どんな女子の笑顔よりも魅力的だと思った。

「先輩方、ありがとうございます。私、もう少しだけ自分が何をするべきか、この世界で探してみます！」

「よっしゃ！　明日も明後日も、どっか出かけようぜ！」

「いいねえ。月曜なんて授業に出てもやることねえしな」

「先輩方、ズル休みする気ですか。取り返しのつかない馬鹿になっちゃいますよ？」

こうして、凛が笑ってくれる。ただそれだけなのだが、どうしようもなく嬉しくて、何度も何度もふざけ倒す。深谷もふざけ倒すので収拾がつかなかったが、とにかく楽しかった。

見上げると、落下しそうなほど深い青空が広がり、ぼやけた入道雲がどこまでも続いている。こういったなんでもない時間を、世の人々は青春と呼ぶのだろう。

この瞬間が消えてしまわないように。この記憶を忘れてしまわないように。

二度と戻らない夏の空気ごと、思い出に刻みながら騒ぎ続けた。その後、炎天下に晒(さら)され続けた俺と深谷が、軽い熱中症に陥ったのは言うまでもない。

軽い熱中症から回復した俺たちは、一乗寺の自宅アパートに引き返し、思い思いにくつろいでいた。新鮮な卵黄のような夕日が、カーテンの隙間から部屋に射(さ)し込んでいる。

ちなみに、俺の衣服は凛のドス黒オーラで無残に切り裂かれたらしい。数少ない私服を失ったのは痛手だが、嘆いている暇はない。さらに深刻な事態が発生しているからだ。

俺はテーブルの上に飛び乗り、二人の注目を集めた。

「墨染家は、これより節約生活に突入する」

「お、いつものやつが出たな」

「いつもではない。一ヶ月ぶり十五回目だ」

「入学してから、毎月じゃないですか」

動画を堪能していた凛が、首だけをこちらに向けた。どいつもこいつも他人事。俺の涙ぐましい苦労を何一つ知らないのだ。そもそも、深谷が美味しそうに齧(かじ)っているソーダ味のアイスも貧乏生活の一因。まあ、それはいいとしよう。百円に満たない金額を惜しむほど懐(ふところ)の狭い人間ではない。どうしようもなくなったら、モヤシとうどんを駆使した節約術を駆使すればいいだけだ。

だが、今月だけは話が異なる。

「深谷。昨年の宵山の惨劇を忘れたとは言わせん」

「……忘れるもんか。あの日、俺たちは敗北したからな」

数多の出店が誘惑する催しの前では、高校生など服を着ただけの猿に等しい。香川の片田舎から京都にやってきた俺など、服すら着ていなかった可能性さえある。それに、敵は出店の誘惑だけではない。祇園祭特有の雰囲気も、財布の紐を緩める作用があると科学的に立証されている。

豪華絢爛な山鉾が並ぶ光景は、まるで異世界だ。見渡す限りの人、人、人。祇園囃子が鳴り響き、提灯の光が煌めく四条河原町の大通り。初めて目にした終わらない夜の輝きに、去年の俺が興奮したのは言うまでもない。ありとあらゆる汁が溢れ出した脳味噌は、まるで機能しなかった。反射神経のみで商品を購入していく姿は、もはや山賊に近かっただろう。

思考しない生物に成り果てた俺の両手は、焼き鳥や唐揚げ棒、焼きそばやお好み焼き等のジャンキーな食料で埋め尽くされる。どう考えても食いきれる量ではないのだが、その事実に気づいた頃にはもう遅かった。

祇園祭(ぎおんまつり)には、例の魔法が漂っている。

「あの惨劇はさながら魔法の如し」

「故にこう名付けられた」

「『胃袋上限突破(ギオンマツリ・マジック)！』」

「何でもいいんですね、その魔法」

「俺は無限の魔術師と呼ばれているからな」

「そういうのはそろそろ卒業したほうがいいですよ。恥ずかしくなる時期がくるので」

凛はそう言うが、俺はすでに恥ずかしい時期を乗り越えて今に至っている。

あれは中学生の頃だ。当時の俺はあるキャラに憧れて、バンダナを巻いて登校していた。本気になったときに、バンダナをゆっくり外すのが格好いいと思っていたのだ。

本来であれば笑い話なのだが、その姿がしっかり卒業アルバムに掲載されると話は変わる。遠足で笑顔になった墨染少年の頭には、百均で購入した緑色のバンダナが巻き付けられているのだ。すぐに実家の蔵に封印した。

「先輩、なんで泣いてるんですか」

「もう戻らない青春に、思いを馳(は)せていた」

「おじさんみたいな発言じゃないですか」

「若さを無駄にするのが、若さなんだぜっ」

「しかもアドバイスしてくる一番嫌なタイプ」

確かに、年の功だけを武器にしてアドバイスをしてくるオッサンにロクな人間はいない。過去の栄光にしか縋れない人間の末路は、酷く悲しいのだ。

話が逸れた、話題を今年の宵山に戻す。

「とにかくだ。祇園祭が控えている以上、可能な限りの節約をしなきゃならん。しかも、今年は二日連続だからな」

土曜日に凛、日曜日にドッペリン。出費も二倍だ。幽霊の凛はともかく、実在するドッペリンは何かしらの飲み食いは必要だろう。年上の威厳を保つためにも、財布を出させるわけにはいかない。

「結局、ドッペルゲンガーとも行くんですか」

「まあ、約束しちゃったしな」

「もう、仲良くする必要はないんですよ？」

凛から飛んでくる視線の湿度が、じわりと上昇する。言いたいことはわかる。餅を焼いてくれるのは可愛らしいのだが、ドッペリンの誘いを断るのは難しい。そんな話を彼女に持ち出そうものなら、潤んだ瞳で何を言われるかわからない。

――私のこと、嫌いになっちゃったんですか？

無理だ、想像しただけで駄目だ。飛び出すワードによっては、間違いなく生死の狭間を彷徨ってしまう。

俺が言い訳を探していると、凛は不満そうに唇を尖らせた。

「わかりましたよ。行けばいいじゃないですか」

そう言って、凛はつーんと横を向く。あらら、完全に拗ねちゃった。相手が相手なだけに、面白くないのだろう。ここはなんとかして、ご機嫌をリカバリーしなければならない。

そうだ、アレでも見せてみるか。

俺はスマホを手に取り、とある画像を凛に差し出した。二週間前に撮影した、とっておきの一枚である。テンションが上がること請け合いだ。

だが、凛の反応は芳しくなかった。

「え……なんですか、この画像」

「うちの網戸に張り付いた蝉の裏側だけど」

「これで私がご機嫌になると、本気で思ってるんですか」

あれ、駄目か。格好いいのに、蝉の裏側。

俺が内心でうなだれていると、深谷がふんと鼻を鳴らしながら「墨染は、本当にセンスがないよな」と言いだした。流石に聞き捨てならない。俺は「じゃあ深谷ならどうするんだ」と、反撃の構えをとる。

「虫はいけねえよ。女の子は、得てして可愛い色を好む生き物なんだよ。たとえば、ピンク色のこれなんてどうだ」

自信満々に女心を語っているが、深谷が女子と過ごしている光景など目にしたことはない。妄想か誘拐の類だろう。

俺はそう結論付けて、深谷が差し出したスマホを奪い取る。そこには、ピンク色の粒が密集した写真が表示されていた。

「……なんですか、これ」

「用水路に張り付いたタニシの卵だ」

「なんで二人共張り付いたタニシの卵シリーズなんですか」

麗しい乙女にタニシの卵を見せるなど、感性がおバグり召されている。このショッキングピンクは、男でも嫌悪感を抱くものだ。俺は「これはないわ」と批判してから「大体、ピンクのウケがいいなら蝉の裏側だってオレンジだ」と続けた。

深谷は鼻息を荒くしながら、立ち上がる。

「それはクマゼミのオスに限る。お前が見せた蝉は、アブラゼミだから関係ないんだよ」

「なら言わせてもらうが、お前が見せた卵は厳密に言えばジャンボタニシの卵であって、タニシとは種が異なる」

「マニアックな論争やめてください」

置いてけぼりにされた凛が、ぷくりと頬を膨らます。子供っぽい仕草なのだが、なぜかあざとくはない。

とはいえ見とれている場合ではない。凛の機嫌を損ねると、今度は俺のパンツまでもが切り刻まれる可能性がある。

情報を整理してみよう。凛はおそらく、ドッペリンと同じ扱いをされたのが不満なのだろう。その感情を払拭するには、凛をもっと優遇すればいいのかもしれない。

「祇園祭までにさ、どっか行く？」

そう結論付け、試しに提案してみると、凛の身体がぴくりと動いた。顔は相変わらず不機嫌そうだが、見えない尻尾をぱたぱたと振っているのが伝わる。

「……どこに行くんですか」

「写真でも撮りに南禅寺とか」

「でも、私はカメラに触れられませんよ」

「大丈夫。いい考えがある」

俺がそう言い切ると、凛は不思議そうに首を傾げる。

「ほら、凛が怒ったやつ」

「……下着を聞いてきた件ですか？」

「それじゃない」

「鴨川で衣服を脱ぎ散らかしたやつですか」

「それでもない」

「私、先輩を叱ってばっかりですね」

確かに今考えると中々のハイペースである。気まずさを感じつつも、俺は説明を続けた。

「えっと、あれだ。凛の身体にぴったりと重なったやつ」

その言葉を言い終えた瞬間、深谷は顔を顰(しか)めた。

「墨染、お前それはちょっと引くぞ」

「私……そんなことされましたっけ？」

「ショックすぎて凛ちゃんが記憶を殺してるじゃねえか」

記憶を封印するほど嫌だったのだろうか。もし本気で嫌悪感を示しているのであれば、俺は清廉潔白に生きていかねばならない。おそるおそる凛の様子を盗み見るが、特に変化はない。

「凛ちゃん。嫌なら嫌って言えよ」

「べつにそこまで嫌ではないです、ケド……」

そこまで言ってから、凛が頬を赤らめる。その表情は嫌悪ではなく羞恥であり、まんざらでもなさそうだ。俺がじっとり眺めていると、またそっぽを向いてしまった。

「その反応は、合意の上だと認識していいですな」

「ち、ちがいますよ。この馬鹿とんちき」

顔全体を真っ赤にした凛が叫ぶ。どうやら俺は馬鹿とんちきらしい。すかぽんたんもそうなのだが、凛は悪口のセンスがとてつもなく古い。

「それよりだ。ほら、一回指でフレーム作ってみ」

言われるがまま、凛が両手の指でフレームを組む。俺はその部分にスマホを添えるようにして、凛と身体を重ねた。腰を少し落とし、目の位置を大体同じ高さに合わせる。

「どうだ？　いい感じだろ。こうすれば、凛の視点で写真が撮れる」

「いい、感じとも……言えなくも、ないです」

「なんだよ、歯切れ悪いな」

「これ結構恥ずかしいんですよ」

「確かに、今の俺は全身で凛を感じ――」

「言わなくていいです、先輩は本当に変態ですね！」

凛が慌てながら離れてしまう。心外だ。変態とは、ところ構わず服を脱ぎ散らかす深谷のような人間を指す言葉である。

「まあでも……お出かけは楽しみにしてあげます」

そう言いながら、凛は嬉しそうな声を発してくれた。とりあえず機嫌が戻ったようで何よりである。俺がほっと胸を撫で下ろしていると、スマホの通知音が鳴った。

「先輩。誰かからメッセージがきてま……」

凛とぴったり身体を合わせているので、スマホの画面は丸見えだ。

表示されたのは、ドッペリンからのメッセージ。

『墨染先輩。お疲れ様です！　本日はありがとうございました。来週のお祭り、とってもとーっても楽しみにしてますね！　当日は気合い入れて浴衣を着ちゃいます！』

ゆらり、視界の端で凛が揺れる。

「楽しそうですねぇ……？」

言わずもがな、大寒波が訪れたのだった。

第四章　馬鹿と未練とドッペルゲンガー

墨染家に氷河期が訪れた数日後。

約束通り南禅寺にやって来た俺たちは境内を徘徊し、三門に辿り着いていた。太ももまで上げないと登れないいくらい高い石段と、人間の胴体よりも太い支柱。訪れる者に威圧感さえ与える木造の巨大建築は、京都での生活に慣れてきたはずの俺でさえ息を呑むほどだった。

『楼門五三桐（さんもんごさんのきり）』という歌舞伎の演目で、かの有名な大盗賊の石川五右衛門が「絶景かな、絶景かな」と大見得を切るシーンがある。これは目の前にある三門の屋根上が舞台となっているらしい。

よくわからんが、スマホで調べたら出てきた。

三門は拝観料を支払えば、楼上まで見物できるらしい。順路に沿って歩きながら、ぐるりと連なる回廊から京都の街を眺めると、確かに絶景である。清水寺や金閣寺を筆頭に、有名な観光地が多い京都だが、南禅寺の魅力も負けてはいないだろう。

「墨染先輩。カメラお願いします」

「あいよ」

俺は凛の身体に重なり、スマホのシャッターを切る。画面いっぱいに広がる京都市街も、なるほど美しい。窓からそよと吹き込む風も快適だ。

「こういうの、なんかいいな」

「はい。楽しいです！」

俺と凛は目を合わせて微笑み合う。目尻が下がった凛の笑顔を見ると、なんだか心臓を握られたような気分になる。

以前もそこはかとなく感じていたのだが、凛の側にいると決断した日からより一層強くなっている。今ではもう、無視できないほどに。

「おい墨染。青春やってないで俺にも景色を見せてくれ」

深谷がスマホを構えながら、俺を手で追い払った。凛は「はぁい」と悪戯っぽく笑い、欄干から身を乗り出してふよふよと屋根に上がっていく。幽霊の特権だ。

「こういうとき、幽霊っていいよな」

「どこ行くにしても無料だしな」

俺は深谷と笑い合う。それにしても、四六時中コイツといる気がする。凛と二人で出掛けるつもりだったのだが、『深谷先輩がいなかったら、墨染先輩は独り言をこぼしながら笑ったりする変質者ですよ。私は他の人には見えないんですから』と言われいつもの三人になってしまった。

あまりにも順応性が高くて忘れていたが、そういえば深谷も最初は凛の姿が見えなかった。気合いを入れ、放屁までして、ようやく視認するに至ったのだ。

対して俺は、苦労せずとも凛の姿がはっきりと見える。今まで深く考えなかったが、俺はなぜ最初から凛を認識できたのだろうか。

「ガキの頃はわからんかったが、今見ると絶景だな」

京都市街を見下ろす深谷の感嘆で、俺の思考は中断された。

「……逆に、子供の頃から理解していたらすげえよ」

「確かに。人生二周目って感じするよな」

「マジで修行僧の生まれ変わりじゃねえの」

「輪廻転生っていうしな」

そう深谷は呟いた。

輪廻転生。その概念を信じるなら、凛の魂はいつまでもこの世界にいてはいけない。正しく成仏し、理の中に戻らなければならない。

押し黙っていると、深谷は探るような目つきで俺を射貫いた。

「お前、最近よく難しい顔をしてるよな」

「……人間とは考える葦（あし）だからな」

「それってどういう意味よ」

「知らん」

「迷宮入りじゃねえか」

我ながら、中身のないスカスカな会話だ。深谷は俺から視線を外し、京都市街を見下ろしながら呟く。

「凛ちゃんのことを考えてるのはわかるけど、絶対に別れは来る。それは忘れんなよ」

真夏の風が吹く。深谷が羽織るガラの悪い柄シャツが、ふわりと膨らんだ。

「……考えただけで泣きそうになる」

「泣くときは、慰めてやるよ」

それは善意からの提案だろうが、男の前で泣きたくない。俺は変に意固地な面がある。それは深谷も理解しているはずだ。

どうせ涙を見せるなら、女子のふくよかな胸に溺れつつ、頭を撫でて慰めてほしい。

しかし、残念ながらそのような女子は存在しない。ドッペリンならば慰めてくれるかもしれんが、胸に関しては控えめであり、将来に期待するしかない。

男の前では泣かない。泣くなら巨乳の胸がいい。これら全てを承知した上で、深谷は慰めると言ってくれた。

深谷の顔を見る。鋭い瞳は、どこか慈愛の念を含んでいる気がした。

そうか、心は決まっているのか。ならば俺は友人として、深谷の決意を踏みにじるわけにはいかない。確かな友情を感じ、目頭が熱くなる。

「深谷。ありがとうな。俺のために、性転換して巨乳になってくれるのか」

「……どういう経緯を辿った結論なんだ」

深谷が呆れた様子で首を振る。

「まあ、忘れてないならいい。覚悟していても、別れるときは辛いだろうからな」

その言葉は楔のように突き刺さった。

朝目が覚めて凛がいなかったら、どれほどの喪失感を味わうのだろう。凛と過ごした期間は一週間ほどだが、すっかり俺は馴染んでしまった。まるで何年もそうしていたように、凛の存在が当たり前になっているのだ。

「……別れか」

俺は小さく呟く。

凛の当初の目的は、ドッペリンへの復讐。

しかし、ドッペリンの記憶喪失で有耶無耶になった今、未練を晴らせずに浮遊霊としての強度が増した状態なのだろう。

『私、もう少しだけ自分が何をするべきか、この世界で探してみます！』

凛が何を探し、何を望むのかはわからない。だが、未練を晴らせずに現世に留まり続けたら何らかの悪影響があるに違いない。

焦るつもりもないし、凛と別れたくもない。それでも、苦しまないうちに成仏させてやりたい。

二つの相反した思いが、頭の中でぐるぐると渦を巻いていた。土曜日からこればかり考えているのだが、俺は結局答えを出せずにいる。

「なあ深谷。凛ってさ、何をしたら成仏すると思う？」

「盛り塩とかじゃねえの？」

とんでもない発言を、さらりと口にしやがる。

「そういう、退治的な意味ではなくてだな」

「ああ。未練を晴らす方向でか」

「うちの凛たんに、御札とか見せたら怒るぞ」

「そんなことしねえよ。成仏なぁ……」

深谷が考え込む。俺も人のことは言えないのだが、こいつが物思いに耽る姿は学校でお目にかかれない。

「凛ちゃんの今の願いが、わからんからな」

「そこなんだよ。凛は何を望んでいるんだろう」

「お前に好意を抱いているのは確かだが、付き合って恋愛を成就させたいってわけでもなさそうだしな。自分が幽霊だからか知らんが、感情を殺して一歩引いてる気がする」

冷静に分析されると恥ずかしいが、それは俺も実感している。

凛は嫉妬するばかりで、積極的ではない。対するドッペリンは、驚くほどグイグイと来てくれる。思考回路は凛もドッペリンも同じはずなので、死者と生者の立場の違いが、そうさせるのだろう。

「……あとさ、気になってたんだけどよ。お前、凛ちゃんをどう思ってるんだ」

深谷は辺りを見渡してから顔を近付けてきた。

「どう、とは？」

「好きなのかって聞いてんだよ」

好きとは、アレか。俗に言うラブか。

「一緒にいたいとは思ってるが……」

自分の口から飛び出したとは思えないほど、か細い言葉だった。

凛はめちゃくちゃ可愛い。ふにゃっとした笑顔が魅力的だし、しっかり者で俺をちゃんと叱ってくれるところもいい。何より、ずっと一緒にいるのに、いい意味で気を遣わない。凛と過ごす時間は、本当に心地いいのだ。

「なあ深谷。凛と一緒にいたいって気持ちは、好意なのか？」

「……お前、マジか」

「何が」

「どう考えても、惚れてるじゃねえか」

惚れてる、俺が、凛に。

「ホレテル……オレガ？」

「感情が芽生えたばかりのロボットか」

「性欲はあったけど、好意は知らなかった」

「最低の博士に作られたんだな」

確かに、凛の笑顔を見ると心臓の鼓動が速くなる。同じ顔のドッペリンに誘われたときも、なんだか知らんが無性にドキドキした。好きなのは間違いないのだが、それが恋愛的な意味なのかは考えもしなかった。

遡れば、凛を助けたいと思ったあの夜には、すでに惚れていたのではないか。心臓を握られるような感覚は、恋の息苦しさなのではないか。

そう考えると、すとんと腑に落ちる。

「そうか……うん。凛が好きだわ」

「初恋が幽霊だなんて、お前らしい」

深谷は愉快そうに笑っているが、俺にとっては笑い事ではない。幽霊に恋するなんて、その時点で失恋が確定している。そもそも恋とやらに無縁だったせいで、この感情をどうすればいいのかすらわからない。

「屋上、とても気持ちよかったです。あれ、何話してたんですか？」

あたふたしていると、宙から凛が舞い降りてくる。

風になびく黒髪と、透き通る紺碧(こんぺき)の瞳。ふにゃふにゃした笑顔。白い手。細い脚。凛を構成する全てが、夏の日差しよりも輝いて見えた。

「な、なな、ナンデモナイヨ……？」

「なんで片言なんですか」

俺と凛のやり取りを見ていた深谷は、心底おかしそうに腹を抱えていた。

三門を後にした俺たちは、水路閣を目指して灼熱のアスファルトを歩いていた。あれほど心地よかった風でさえ、地上に降り立つと焼き鳥屋の団扇（うちわ）の如き熱風と化す。俺と深谷は、汗まみれの汁まみれである。

「凛は、暑さを感じないのか？」

ようやく平常心を取り戻した俺は、凛に問いかけた。汗をかいている様子はないが、少し顔を歪めており、心なしか暑そうに見える。

「実際には感じてないと思います。でも、錯覚といいますか……照り付ける日差しや蝉（せみ）の声を聞いていると、うなだれたくなりますね」

「じゃあ、思い込みで処理してるのか」

「どうなんでしょうね。墨染先輩の部屋は本当に動物園みたいな臭いなので、単なる思い込みではないですけど」

予期せぬ攻撃。動物の臭いではなく、動物園の臭いだと評されるあたり破壊力が高い。単数ではなく複数だ。生きとし生ける様々な動物の体臭が、幾重にも混ざり合った結果が動物園だ。そんな複雑な臭いが、俺の部屋に漂っているのか。

「墨染、ヘコんでねえで歩くぞ。水路閣が見えてきた」

深谷が指差すその先に、レンガ造りの水路閣がそびえ立っていた。

アーチ型の橋梁（きょうりょう）が特徴的な水道橋で、木漏れ日に照らされたノスタルジックな姿は、仏閣に興味のない若者にも人気がある。なんでも、めちゃくちゃ映えるらしい。それならば、こちらも流行に乗っかるべきだろう。

「どうせなら、俺たちも映えを意識してみないか？」

俺の提案に、深谷は首を縦に振って賛同した。

「やるなら今だよな。本気出せばバズりそうだし」

「どこから湧いてくる自信なんですか」

「いや、ほら。俺たちって顔は悪くないじゃん？」

深谷が伏し目がちに表情を作る。しかし、身体に染み付いた馬鹿のオーラは隠せないようで、俺には大便を我慢しきれなかった男にしか見えなかった。

凛も好印象を抱かなかったらしく、じとりと深谷を眺めてから、俺を一瞥（いちべつ）した。

「……取り立てて、良くもないですけどね」

凛の言葉の暴力が、俺たちを薙（な）ぎ払う。

深谷は後方へ弾き飛ばされ、俺は膝から崩れ落ちる。たった一撃、たった一撃でこの威力だと……？

「ほら、馬鹿やってないで写真撮りましょうよ」

「とはいえ、リアクションなしは寂しいだろ？」

「うう……否めない部分はありますが」

なんだかんだで、凛も馬鹿なやり取りを楽しんでいるのは伝わる。まったく素直じゃないんだから。

「なんですかその目。は、早く撮ってください！」

俺は凛に促されるまま、身体を重ねてスマホを構える。凛を意識してしまったせいか、さきほどよりかなり恥ずかしい。心なしかいい匂いがするし、身体全体がぽかぽかと温かい気がする。

「先輩？ 早くシャッター切ってくださいよ」

「あぁ、ごめんごめん」

見上げるように撮影した水路閣が、画面いっぱいに写る。青葉が生い茂った木を捉えたのが功を奏したのか、よくわからんがアクセントになっている気がする。

流石(さすが)、写真好きなだけある。俺は挑戦しないアングルだ。真正面、なおかつ近ければ近いほど格好いいと思っていた。新たな視点の発見に、得体の知れない高揚感が胸を駆け巡る。

確かに、写真は楽しいかもしれない。

凛が言っていたように、記憶を切り取れる。写真を見返す度に、鮮明に思い出せる。

俺と凛にとって、極めて重要なものだと思った。

「先輩、忘れないでくださいね。私と過ごしたこの夏を」

俺の考えを読み取ったかのように、凛が耳元で囁く。

「いつになるかはわかりませんが、私は必ず消えちゃいます。だから、先輩には私がいたんだって覚えていてほしいんです」

凛はもう、親や友人と会話はできない。ドッペリンがいる以上、凛の存在は無用な混乱を招くからだ。もし俺たちが凛を忘れてしまったら、凛は本当の意味で死を迎えてしまう。

「……忘れるわけないだろう。絶対に、忘れん」

「写真を見れば、思い出してくれますよね」

「まさか、そのために写真を？」

俺が思わず隣を見やると、眼前にいた凛が笑ってみせる。

「へへへ、呪いとして受け取ってください」

そう言って、凛は茶目っ気たっぷりに舌を出した。なるほど、これは一生消えない呪いだ。俺は水路閣の写真を見返す度に、今日という日に思いを馳せるのだろう。

もっと、撮っておきたい。

写らないとは知りつつも、笑いながら浮かぶ凛に向けてシャッターを切る。案の定、そこには水路閣が写るばかりで凛の姿はなかった。

「写ってないでしょう」

「そうだな。写ってない」

「家に帰ったら、私を描き込んでみますか？」

「俺は犬の絵で、子供を泣かせた過去がある」

「……どういう経緯で、そうなったんですか」

凛の言葉が引き金となり、俺は記憶の海を漂う。あれは中学生の頃、職業体験で訪れた保育園での惨劇だった。

ちびっこに絵をせがまれた俺は、犬や猫、ゾウやキリンなどの人気欲張りセットをすらすらと描きあげた。

阿鼻叫喚の巷と化した。俺が生み出した犬は『ミイラだ』と号泣され、自信作の猫は『どこから見ても目が合う』と怯えられた。ゾウとキリンに至っては、先生が大声で『見ちゃいけません！』と園児を制していた。

そんな画力で、芸術に等しい美少女を表現できるわけがない。猟奇的な現代アートとして扱われるのがオチだ。

「凛。俺は犬の絵で、子供を泣かせた過去がある」

「よくわかりませんが、二回言うほど辛かったのだけはわかりました」

凛は無言で、俺の肩に手を置くジェスチャーをしてくれた。ほんのりと肩に温かさを感じた気がして、一筋の涙が頬を伝った。

「……さて、バズらせるには何が必要だと思う？」

俺の問いかけに、深谷は熟考する。クソ暑い日中でも、水路閣の人気はすさまじく、写真撮影の順番待ちが列をなしている。そんな光景を尻目に、俺たちは木陰で休息をとっていた。

「そもそもフォロワー数が必要じゃないか？」

深谷が訳知り顔で言い放つ。だが、俺とてただの馬鹿ではない。そんなものは承知している。

「その点に関しては案ずるな、十人くらいはいる」

「その点を案じてるんだよ。家族と親戚だけか？」

「母親と、エッチな業者だ」

「絶対に並んじゃいけない単語だ」

凛も深谷も、どうやら呆れている。十人いればなんとかなると思っていたが、ならないらしい。

「……ちなみに、普段はどんな写真や動画をアップしてるんですか」

「直近だと、蝉の裏側とか――」

「二度とバズりたいとか言わないでくださいね」

鋭利な寸鉄が、俺の胸を突き刺した。

「別に、一気にバズらなくてもいいじゃないですか。好きな写真を地道に投稿していけばいいんです。蝉の裏側はさておき、今日の写真をタグ付けして投稿するだけで、何人かは興味を持ってくれると思いますよ」

俺は今日の写真を見返す。凛の手ほどきを受けて撮影した写真は、他と比較しても見劣りはしないだろう。いや、むしろ他より優れている気がする。眺めれば眺めるほど、ぞくぞくと快感に支配される。

「俺、写真家になろうかな」

それは未経験の楽しさだった。馬鹿をやっているときとは、まるで異なる種類の快楽。走り出したくなるほどの、胸の高鳴り。世界が生まれ変わったように、ぴかぴかと輝いて見える。

「凛ちゃんの影響で、墨染が変なこと言ってるぞ」

深谷がやれやれと首を横に振る。いつもの馬鹿話の延長線だと思っているのだろう。だが、凛は真面目な顔でふむと頷き、俺の目を真っ直ぐ見据えて口を開いた。

「本気だったら、私が教えますよ」

「え、勉強してたりするの？」

「はい。実は、写真家になるための勉強をしていました。私は何かを忘れるのが怖いんです。忘れられるのはもっと怖いですけど。だから……記憶を繋ぐ架け橋になる、写真が大好きでした」

記憶を繋ぐ架け橋になる、か。まだ本気とは断言できない。でも、瞬間を切り取って永遠にする面白さを実感したのは確かだ。

「とはいえ、自分用のカメラを持っていなかったので私も初心者ですけどね。でも、私の意思を墨染先輩が継いでくれるのなら、これ以上ないってくらい嬉しいです！」

凛の笑顔は逆光に遮られてよく見えなかったが、心から喜んでいるのは間違いないだろう。

「そっか。いいかもしれないな、写真家」

漠然と生きてきた俺の中で、初めて芽生えた感情だった。それに意思を引き継げば、俺の中で凛は生き続けられるのではないか。

「感覚だけじゃなくて理論が大事なので、先輩の苦手なお勉強は必須ですけどね。だから、帰ってからみっちりと叩き込んじゃいます。それよりほら、そろそろ並びませんか！」

凛は嬉しそうに、水路閣の橋梁に並ぶ列を指差した。目の前で写真を撮る人々は、誰も彼も心の底から楽しそうに笑っている。無邪気な提案の中に死刑宣告が含まれていた気がするが、今はこの瞬間を楽しもうと思った。

南禅寺に行った日の夜から、凛先生の写真講座が始まった。

鋭い切り返しでツッコミを入れてくるので、頭の回転が速いタイプだとは思っていたが、そもそも脳の構造からして俺とは異なるのだろう。同じ高校に通っていたとは思えないほど、理路整然とした話し方である。

「では、基礎知識を叩き込みますね」

凛はそう言うと、口頭でゆっくりと概要について説明してくれた。一眼レフカメラや、ミラーレス一眼カメラは、三つの要素が大事になるらしい。

まずは、シャッタースピード。これはシャッターを開けている時間を指し、遅ければ遅いほど光を多く取り込むので写真が明るくなり、逆に速ければ暗くなる。

次に絞り。この要素を上げ下げして、前述したシャッタースピードを調整していく。

最後にＩＳＯ感度。これは暗い場所での撮影に、そのカメラがどれだけ適しているかがわかる数値だ。夜間の撮影ではどうしても、シャッタースピードと絞りだけでは調整できないシーンが発生する。その際に、光量を補うのがＩＳＯ感度らしい。

要するに、この三つの要素をきちんと理解して調整しなければ、いいシチュエーションも台なしになってしまうのだ。

「――以上が、基本的な知識です。この辺りは理論だけでなく、実際にカメラに触れて肌で覚える必要がありますけどね」

勉強は嫌いだが、凛の講座はなんだか面白い。最初こそ死を覚悟していたが、蓋を開ければ俺が勉強時間の延長をせがむほど楽しかった。

「早いうちに、自分のカメラを買わなきゃいけんな」

「ドッペルゲンガーに借りるのもアリだと思いますよ」

「……凛たんヤキモチ焼くじゃん」

「焼いちゃいます。それはもうぷっくりと」

少し照れながら宣言された。

「でも、先輩が私の意思を継いでくれる嬉しさが勝っちゃうので、我慢できますよ」

予想外の返答に、俺はぽかんと口を開けてしまう。以前ならば、瞳のハイライトを消し、黒いオーラを操って俺の衣服をずたずたに引き裂いていたはずだ。

だが最近の凛は、自分が消えてしまう前提で会話をしている。なんでもないやり取りも、心のどこかに薄い靄が立ち込めるような感覚が残ってしまう。

凛は、いずれ消える。わかってはいるが辛い。

とはいえ、こんなことなら恋なんてしなきゃ良かったと、センチメンタルになるつもりはない。悔やもうが、笑おうが、凛への好意は揺るがない。

それならば当初の目標通り、凛を笑って送り出すほうがハッピーだろう。そのためにも、今は勉強だ。

「凛が疲れてないなら、もう少し教えてほしい」

「……なんか、墨染先輩。少し変わりましたね」

確かに、ここ数日の俺は勤勉過ぎて別人だろう。勉強だけでなく、将来設計を具体的に考えるようにもなった。

関西には芸術大学が数多く存在する。美術工芸学科の写真・映像コースを選択すれば、アートとしての写真を学べるのだ。

凛曰く、高校二年生の夏から学び始めるのはギリギリらしい。予備校に通わないと到底間に合わないだろうし、浪人の可能性もあると言われた。予備校に通うとなれば、当然ながらお金が必要だ。夏休みが始まる前に、両親を説得しなければならない。普通の大学への進学を望んでいるはずなので、戦争は必至である。

それでも俺は凛の意思を継ぎ、凛がいた世界を写真で表現したいと決意していた。

「そんなに変わったか」

「はい、なんというか――」

「もしかして、成長が出てたりする？」

「いえ……あっ。日焼けしてるからかな」

なるほど、日焼けしているだけらしい。解散です。

消化試合とも言える授業の群れを返り討ちにし、金曜日の放課後を迎える。

深谷は相変わらず爆睡しているが、俺は寝落ち寸前でなんとか耐えていた。芸術系の道を歩むにしても、必要最低限の勉強はしておかねばなるまい。

「起きてたのは褒めますが、目が死んでましたよ。やっぱり、昨日の夜ふかしが堪えたんでしょう」

凛が指摘する通り、昨晩は緊張と興奮のあまり眠れなかった。

そのせいで、目どころか脳すらも死んでいる。授業の後半など、もはや何をしているのかわからなかった。ノートに残された文字は古代遺跡の壁画のようで、見直しても解読できる気がしない。

「……それもこれも、祇園祭が楽しみすぎるせいだな」

「子供じゃないですか」

そう、明日は待ちに待った祇園祭の宵山である。

幽霊とはいえ、好きな子と祭りに行くなど初体験だ。例によって深谷も一緒だが、それはいいだろう。

どうやらクラスの連中も浮足立っているようで、あちこちで祇園祭に関する単語が飛び交っている。本日は生憎の曇天だが、明日の昼には晴れ間が広がるらしい。

京都の夏が、いよいよ幕を開けるのだ。

「ほら、皆もワクワクしてるじゃん」

「確かに、そうですね」

「……さっきから、反応薄くない？」

「季節が巡るのは早いなって、思いました」

凛はたまにおばあちゃんのような発言をする。俺としては、もっとテンションを上げて尻尾をぶんぶんと振ってほしかった。

「……んぁ、授業ってもう終わった？」

肩透かしを食らった気分に陥っていると、いつの間にか深谷が再起動していた。深谷の午後はもっぱら睡眠時間に充てられるので、このような問いかけは日常茶飯事だ。

俺は「とっくに終わったぞ」と告げて、深谷の頭をぺちんと叩いた。

「それより深谷。予定通り、明日は昼から集まるよな？」

「だな。とりあえずどっかで昼飯食おうぜ」

「だってさ、凛。楽しみだな」

「……えっ、はい」

ぼんやりと俯いていた凛が、慌てて顔を上げる。

「どうしたの。体調悪かったりする？」

「いえ、そういうわけでは」

凛はふるふると首を横に振り、気合を入れるような仕草をした。確か、出町柳の喫茶店で写真を眺めていたときも、同じように上の空だった。

「なんか、考えてるだろ」

「……バレちゃいましたか」

観念したように、凛が破顔する。

「なぁに考えてんの、凛ちゃーん」

深谷が悪人面のまま、凛を小突くふりをした。もし凛の存在が他の人にも見えていたら、間違いなくカツアゲか人身売買の絵面である。何を食べて育てば、ここまで小悪党のオーラを放出できるのだろう。

「いえ、その……言っていいのかわからないんですけど……」

凛はそう前置きして、短い質問をする。

それは、俺たちの思考を一瞬で奪い去った。

「「……は？」」

瞬間、全ての時間が停止したような錯覚を抱いた。少なくとも俺と深谷に限っては完全に停止していた。情報の処理がまるで追いつかない。

壁時計の秒針の音。廊下から漏れる喧騒。差し込む夏の日差し、揺れるカーテン。消し忘れた黒板。白い天井。古い電灯。

「あの、どうかしましたか？」

凛の言葉で、意識が少しずつ現実に引き戻される。気が付くと、俺の身体は小刻みに震えていた。

「凛。さっきの質問、本気で言ってるのか？」

「はい。えっと、仰る意味がよくわからないのですが」

嘘だと言ってくれ。藁(わら)にもすがる思いで凛の目線を辿(たど)るが、凛は右上なんて見ていない。真剣な表情で、俺の目を真正面から捉えている。

「凛ちゃん、嘘だよな……？」

俺と深谷は顔を見合わせる。深谷も同じように、凛の目線を追ったのだろう。

「二人共、やっぱり変ですよ」

俺たちのただならぬ気配を察したのか、凛が困ったように微笑む。その仕草は演技には見えず、涙が溢れそうになる。凛の身に何が起きているのかわからない。けれど、異常事態が起きているのは間違いなかった。そうでなければ、凛の頭から抜け落ちるわけがない。

先ほどの凛の質問が、頭の中で何度も反響する。

「祇園祭(ぎおんまつり)に行く約束なんて、してましたっけ？」

第五章　馬鹿と記憶とドッペルゲンガー

教室を抜け出した俺と深谷は、男子トイレで顔を突き合わせていた。凛は基本的に俺のそばを離れないので、秘密の会話が可能な場所は限られる。だがここならば、凛の耳に届く心配はない。

「深谷……さっきはありがとうな」

「気にすんな」

凛の発言の後、先に判断力を取り戻した深谷が、咄嗟の機転を利かせてくれたのだ。

『墨染。それはドッペリンちゃんとの約束だろ』

深谷の意図を瞬時に察した俺は、なんとか話を合わせた。凛は面白くなさそうに俺を睨んでいたが、いま直面している問題を悟られるよりましだった。

凛の記憶が、失われている。

幽霊としての存在が希薄になっているのか、それ以外の要因かはわからない。ただ、凛の身に何かしらの異常事態が発生しているのは確かだ。

「墨染。さっきの発言はどう思う」

「どうもこうもあるか。完全に、忘れてる」

「確かに、約束したんだよな？」

「した。夢なんかじゃない」

四条河原町で信号待ちをしているときに、俺と凜は間違いなく約束した。人間は、多少なりとも何かを忘れる。俺だって、どうでもいいことはすぐに忘れるタイプだ。

だが、さっきの質問は軽く流せる話ではない。

凜は祇園祭に、そこはかとない未練を抱いていた。さらに言えば、ドッペリンと祇園祭に行く約束をしたときに、本気で怒っていたのだ。いくらなんでも、そんな約束を忘れるはずがない。万が一忘れていたとしても、情報を与えれば思い出すはずである。

「あれは、忘れたことすら忘れている」

「凜ちゃんには、まだ伝えないほうがいいか？」

「そうだな。メリットがない」

伝えたところで、凜の負担になるだけだ。

「……思い当たる節はあるのか」

「まったく」

「今までも、記憶に関する異変はあったのか？」

「ない。……いや、ある。身体を重ねた件を忘れていた！」

「そこだけ聞くとすごい台詞だな」

凛の視点で、写真を撮る提案をしたときだ。

『私、そんなことされましたっけ？』

深谷は嫌すぎて記憶を殺していると茶化していたが、一週間と経っていない出来事を忘れるだろうか。

「もしかすると、凛の存在が不安定になっているのかもしれん。未練を、凛の意志を、俺が受け継ぐと決めたから……」

深谷が「なんだその話は」と詰め寄ってきたので、俺は順を追って説明する。

南禅寺での会話、凛の意思を継ぐと決めた経緯、ここ数日の俺が何をしているか。

そして、凛を笑って送り出してやりたいという決意。

全てを聞き終えた深谷は、納得したように目を瞑った。

「なるほどな。確かに、幽霊は未練を晴らせば成仏するっていうのが一般的な説だ。ドッペルゲンガーへの復讐は果たせなかったが、凛ちゃんの夢を継ぐ決意を墨染がしたのなら、それが未練を晴らす行為にあたるかもな」

凜は俺と出会ったとき、夢のために勉強していたと嘆いた。それはたぶん、写真家になる夢だろう。その意思を俺が継げば、凜は俺の中で生き続ける。凜の意思を全世界に発信できる。

だが、よく考えれば、写真家になる夢は凜の未練になり得る要素だ。

「俺の頑張りが、凜の成仏に繋がるのか……？　いや、そもそも、凜の存在は現世の理（ことわり）から外れている不安定な状態だ。俺の頑張りに関係なく、徐々に存在が消えているのかもしれない」

無意識に出た言葉は自問だった。もしこの仮説が正しければ、凜の霊体はゆるやかな崩壊が始まっている。それどころか、俺が意思を継ぐために頑張るほど崩壊が加速していく。

「じゃあ、これからも凜は何かを忘れていくのか？」

行き場のない俺の問いかけが、男子トイレに反響した。霊体の崩壊が記憶の消失にも繋がるとしたら、俺はどうすればいいのか。存在を奪われ、夢を奪われ、記憶まで失うなんて、いくらなんでも酷すぎるだろうが。

「墨染。落ち着け、まだ仮定の話だ」

「……わかってる、わかってるけど！」

「一回顔でも洗え。凛ちゃんにそんな顔見せられんぞ」

鏡に映る自分の表情は、確かに酷かった。

「悪い」

「気にすんな。毛穴の奥まで洗え」

「ああ」

「石鹸をよく泡立てて、首まで洗え」

「……ああ」

「ついでに脇の下も丁寧にな」

「俺は今から化け猫に食われるのか？」

明らかに注文が多すぎるだろう。俺は呆れつつ、顔をバシャバシャと洗う。水は少し温かかったが、リフレッシュはできた。その証拠に、鏡に映る俺の口元は緩んでいた。

「なんで笑ってんだよ。気持ち悪い」

「いや、だって真面目な話してるのにボケ入れるか？」

「馬鹿二人が真面目な顔で戻ったらおかしいだろ」

まったく。本当にコイツは俯瞰（ふかん）して状況を見ることができるやつだ。俺は握手を求めようと手を差し出したが、深谷がまだ手を洗ってない事実を思い出して即座に引っ込めた。

「お前も手を洗え」

「はいはい。ちょっと待っててくれ」

「いいよ。俺もドッペリンにメッセージ返すから」

「……あぁ。凛ちゃんの前で返信できねぇのか」

「ぷりぷり怒るからな。トイレでしか返せん」

祇園祭（ぎおんまつり）の待ち合わせ場所を決めるための、やり取りの途中だった。明日はあまり返事できないはずなので、今日のうちに決めておきたい。

「そういえばさ、凛ちゃんってなんでお前のところに来たの。手伝うってノリで決めたから、色々知らねえわ」

確かに深谷は二つ返事だったので、その辺りの経緯は知らないはずだ。いい機会なので、噛み砕いて説明した。

「凛は柳高校の生徒だよ、一年生。去年の文化祭の送り火が決め手だとよ。ノリと勢いで生きる馬鹿なら、手伝ってくれると睨んだらしい」

「……ってことは、ドッペリンちゃんもこの学校にいるはずだよな」

「そうなるな」

深谷は馬鹿面を引っ込めて、また真面目な表情に戻ってしまった。何を考えているのかわからないので、俺は待つことしかできない。

「墨染。それって少しおかしくねえか。ドッペリンちゃんは、お前が好きなんだよな?」

「た、たぶん。あんまり自分で言いたくないんだが」

深谷の質問の意図が掴めない。

「普通さ、好きな先輩が同じ学校にいるのなら会いに来るだろ。それに、柳高校はマンモス校ってわけじゃねえ。全校生徒はせいぜい六百人くらいだ」

深谷の言葉が、俺を思考の沼に引きずり込む。だが、まだ核を掴めない。もう少しヒントが欲しかった。俺は深谷を目で促す。

「凛ちゃんってさ、可愛いよな」

「そうだな。あんな美少女は他にいないってくらい……」

ああ、そうか。気付いてしまった。

「お前の言う通り、あんな美少女が同じ高校に通ってるんだ。すぐ噂になるだろうし、目立って仕方ねえだろ」

ドッペリンが凛として生活している以上、柳高校に通っていないとおかしい。だが、学校で見かけたことは一度もない。それどころか、凛に見覚えすらなかったのだ。

「俺だったら、あんな可愛い子がいれば一目で覚える。でも、凛ちゃんを見たのは、ドッペルゲンガー退治の提案をされたときが初めてだ」

俺だって、凛の姿を柳高校で見かけていたら記憶に残るだろう。凛の入学は今年の四月なので、どう見積もっても三ケ月は通っていたはずだ。それに、同じ学校ならメッセージでやり取りしなくても直接会うほうが早い。ドッペリンの積極性から察するに、校内での会話を遠慮するタイプではないと思った。

「凛は、柳高校の生徒じゃないのか……？」

「おそらくな。何がどうなってんのか知らねえが、まだ掴みきれていない真相が必ずある。とりあえず今から一年の教室で事情聴取だ」

凛が嘘をついているのか、何かを忘れているのか。あらゆる可能性がぐるぐると脳内で回転し目眩がする。手洗い場に腰掛けた俺は、なんとか気力を振り絞って発言した。

「深谷、教室に戻ってもう少し時間がかかると凛に伝えてくれ」

荒くなった呼吸に乗せて告げると、深谷は見慣れた馬鹿面をへらりとぶら下げた。

「任せろ。巨大ウンコが流れなくて困ってると伝えておく」

「お前ふざけんなよマジで」

俺の制止は間に合わず、深谷はすたこらとトイレから飛び出していった。

ふざけんなよマジで。

トイレを出た俺は、一階にある職員室を目指して歩いていた。メッセージで深谷と連絡を取りつつ、作戦を固める。一年生の学年主任に聞けば、凛が在校していたかどうかすぐにわかるはずだ。

職員室の扉を開くと、教師の視線が集中する。俺の顔を認めた瞬間に、なんだお前かと言いたげな表情を浮かべやがる。どうやら評判は上々のようだ。

「佐々木（ささき）先生はいらっしゃいますか？」

「はいはい。私はここにいますよ」

「あ、そんなところに」

すぐ隣のコピー機でプリントを量産していた佐々木先生が、ほわほわと笑う。佐々木先生は痩身の中年男性で、常に微笑みを湛えた菩薩様のような人である。去年は俺もたいへんお世話になった。佐々木先生がいなかったら、間違いなく退学になっていた。

「どうやら、死角になっていたようですねえ」

佐々木先生はプリントを机に置き、ゆっくりと近寄ってくる。自分の業務を後回しにして、生徒を優先してくれるのも佐々木先生のいい所だ。

「ちょっと聞きたいんですけど、白谷凛って今日も学校に来てましたか？」

俺は少し頭を使い、質問の仕方を工夫した。

白谷凛はこの学校にいましたか？　などと聞いてしまうと、何を嗅ぎまわっているのかと怪しまれる恐れがある。凛が在校生の前提で質問をすれば、普通に尋ねるよりも情報を引き出せる確率は上がる。

「白谷君ですか？　あの子はもういませんよ」

案の定、佐々木先生は疑う素振りもなく回答してくれた。だが、内容は予想外だった。先程の深谷との会話で、柳高校の生徒じゃないと結論付けていたからだ。

「もう、いない……？」

「ええ。入学して二週間ほどで自主退学しました」

「凛が、自主退学ですか」

二週間しか通っていないのであれば、遅刻や欠席を繰り返す俺と深谷が知らなくても無理はない。だが、実際にこの学校に通っていたのであれば、別の疑問が浮上する。

なぜ、二週間で自主退学したのだろうか。

初めて凛に会った時、柳高校の一年生だと自己紹介していた。あれはまだ、通っているかのような口ぶりだった。のっぴきならない事情で自主退学を隠した可能性もあるが、そもそもあの時点で、記憶の消失が始まっていた可能性のほうが高い。

「知らなかったんですね。白谷君に用事でも？」

「いえ。最近見かけないなと思って」

俺はへらへらと笑った。これ以上の個人情報は、教えてくれないだろう。凛が在校していたという情報を得ただけでも、大きな収穫だ。

お礼を述べて立ち去ろうとすると、佐々木先生は「少しお話をしませんか」と提案した。内心どきりとしたものの、咎めるような目ではなかった。俺は軽く頷いて、言葉の続きを待つ。

「墨染君。何か悩んでますね」

佐々木先生は柔和な表情を崩さずに、ゆっくりと言葉を発した。それは質問ではなく、確認するような響きだった。

「はい。詳しくは言えませんが」

「なりふり構わず悩めるのは、若者の特権ですからね」

大人になると、悩めなくなるのだろうか。いや、そんなことはないはずだ。俺の周りにいる大人は常に悩んでいる。馴染みの喫茶店のマスターは、帳簿と睨めっこしながら毎日頭を抱えている。

「ふふふ、ピンときていない顔ですね」

「ばれましたか」

「そうですね。正確に言えば、大人になると選択肢が減っちゃうんですよ。悩んでも保身に走ってしまう。若者のように、思い切りのいい選択をしなくなる」

佐々木先生はメガネを外し、胸ポケットからクロスを取り出して丁寧にレンズを拭き始める。どことなく、結論を勿体ぶるような仕草だった。

「……そうして保身を繰り返していくと、いつしか諦める選択肢だけが残っちゃうんです」

「諦める、ですか？」

「ええ。年齢のせいにしたり、環境のせいにしたり、人のせいにしたり、諦める理由を探すようになる。悩む前に諦めてしまうんです。だから、悩めるのは若者の特権なんですよ」

佐々木先生は「今のは名言でしょう」と、照れながら付け加える。説教臭くなったのが恥ずかしかったのだろう。俺は思わず吹き出した。

「自分で言わなければ名言でした」

「ははは、言わなきゃよかったですねぇ」

「先生、ありがとうございます」

「構いません。墨染君が何に悩み、どう道を切り開くのかは知りませんが、成長するのを楽しみにしてます。ただし停学沙汰は勘弁してくださいね」

痛いところを突かれた。俺は胸を押さえて呻（うめ）くふりをしながら、今度こそ職員室を後にする。

情報を仕入れるだけのつもりだったのに、思わぬアドバイスまで頂いてしまった。少し前の俺には響かなかっただろうが、今は違う。つくづく、佐々木先生には頭が上がらない。

深谷に自主退学についてのメッセージを送信して教室へ戻る。階段に差し掛かるタイミングで、返信が届いた。

『おつー。ちなみに凛ちゃんにはまだ何も伝えてない！　あとお前のお腹をめちゃくちゃ心配してるぞ』

女子高生のような返信の速さに若干戸惑いつつも、俺は深谷に胸中を告げる。

『凛にさ、真実を知りたいか聞いてみる』

『へえ。意外な選択だな』

すぐに既読の表示が付き、返信が送られてくる。画面を開きながら待機しているのだろう。

『凛を傷つけたくないと思っていた。でもそれは、落ち込む凛を見て、俺が傷付きたくないだけだった。伝えずにいようと、さっきまでは思っていた』

俺は返信を待たずに、メッセージを連投する。

『だけど』

『保身に走って、後悔したくない』

もし凛が退学した記憶を失っているのなら、真実を告げれば少なからずショックを受けるだろう。俺はそんな姿を見たくなくて、凛を真実から遠ざけようとしていた。嘘だらけの優しい世界で、笑って送り出したいと思っていた。

でもそれは、間違いだ。凛の人生なのに、凛自身が悩まなくてどうする。俺が保身に走って、凛の選択肢を狭めてどうする。落ちこもうが、這い上がれる強さを凛は持っているはずだ。自力で駄目なら、俺たちが手を差し伸べればいいじゃないか。

俺は覚悟を決めて、教室の扉を開く。

飛び込んでくるのは、いつもと変わらぬ凛の姿。半透明の身体が、白熱電灯に照らされて薄く発光している。幽霊というより、神々しい天使に見えた。

「あ、墨染先輩！　お腹大丈夫ですか？　その……激闘を繰り広げていると聞いたので」

凛は言葉を選びながら飛んできた。深谷のせいで、クソデカウンコマンと化した俺を心配しているのだろう。

「ああ、嵐は去った」

適当に話を合わせつつ、凛の顔を見つめる。視線が交錯したのを確認した俺は、深呼吸をして提案する。

「凛。現実と向き合う覚悟ってあるか？　例えば、凛が何かを忘れていたとする。その何かを思い出すのは、苦痛を伴うかもしれない。それでも……真実を知りたいと思うか？」

「知りたいです」

凛は即答した。驚く俺をよそに凛は言葉を続ける。

「墨染先輩が私の意思を継いでくれるので、正直もう未練はないなと思っていました。でも……さっきの先輩方の発言で、私は祇園祭(ぎおんまつり)に行く約束を忘れていると気がついたんです。少しずつ、私の存在が薄れていくと共に、記憶も失われているんですよね？」

「……やっぱりバレてたのか」

「あんなへっぽこな演技で私は騙せません。もちろん、先輩方が気を遣って嘘をついているのは、承知の上ですよ」

凛は胸を張りながら微笑む。何度見ても飽きない笑顔に、俺はなぜか泣きそうになってしまった。

「まあ、忘れていると気が付いても、約束を思い出したわけではないんですけどね……本当にごめんなさい」

凛は心底申し訳なさそうに謝罪する。忘れたことすら忘れている以上、あの日の約束は二度と思い出せないのだろう。

俺はなんでもないように笑い、明るい口調で元気づける。

「気にすんな。もう一回約束すればいいだけだろ。俺と深谷を合わせたら、小指は四本あるしな」

「墨染、足を含めたら八本になるぞ」

「じゃあ、八回は約束できるな」

「足で指切りなんて絶対に嫌ですけどね」

いつも通りのツッコミを入れながらも、凛の口元は綻(ほころ)んでいる。

「先輩方、本当にありがとうございます」

「気にすんなよ。一緒に背負うって最初に言ったろ」

「乗りかかった船だ。とことん付き合ってやるよ」

「じゃあ、最後のお願いをしてもいいですか。もう一つ未練が生まれちゃったようなので」

最後のお願い。その響きに、また泣きそうになる。なんとか堪えて、しっかりと凛の言葉を刻み込む。

「何かを忘れたことすら知らないまま、消えていくなんて絶対に嫌です。だから……もう少しだけ、私に協力してください。私が何を忘れているのか、突き止めてほしいです。墨染先輩の口ぶりだと、私は他にも大事な記憶を忘れているんですよね」

力強く願う凛の表情は、最初にアパートで出会ったときと同じだった。迷いのない瞳と、真一文字に結ばれた薄い唇。たった一週間しか経っていないのに、なんだかずいぶん前の出来事に感じる。

「……凛の言うとおり、凛は何かを忘れている」

「それはまだ、明らかになってないのでしょうか」

「そうだな。だが、さっき手がかりは掴めた。まず、凛は柳高校を二週間で自主退学している」

力んでしまった影響か、俺の言葉は予想以上に反響した。凛は目を丸くしたが、すぐにいつもの表情に戻った。

「私が自主退学、ですか」

「やっぱり覚えてないか」

「はい。私が……柳高校を辞めるはずがありません」

確かにそうだ。普通に考えれば、凛が自主退学をするはずがない。夢に向かって走っていた真面目ガールの凛が、二週間で退学したのには何かしらの理由が隠されている。

「理由はまだ俺たちにもわからないけど、ドッペリンは覚えているかもしれない。だから直接、話をするしかない」

メッセージのやり取りでは、認識の食い違いがどうしても生まれてしまうだろう。ドッペリンは一週間ほど記憶がないとは言っていたが、四月の出来事なら記憶しているはずだ。

「だから、真実を解き明かすのは、日曜日の宵山だ」

「……つまり？」

「明日の宵山は、何も考えずに楽しむ」

俺は机の上に飛び乗り、凛と深谷を見下ろす。

「泣いても笑っても別れは近い。だったら笑おうぜ！」

最後の未練。それを晴らせば、凛は消えてしまうだろう。根拠はないが、確信めいた予感があった。

それならば思いっきり楽しんで、すぐに謎を解き明かす。何が待ち受けようとも、三人で悩んで乗り越える。そうして、楽しい思い出さえも忘れてしまう前に、俺と深谷が成仏させてやる。

凛との別れは、早くて二日後。現実味を帯びてきた別れの予感に、俺は何度も涙を堪えていた。

七月十五日、土曜日。天気は曇りのち晴れ。

本日は祇園祭（ぎおんまつり）の前祭である、宵山（よいやま）にあたる。厳密に言えば宵々山なのだが、気にする若者はあまりいない。宵の文字が示す通り、メインは夜だ。ただ、昼間も豪華絢爛な山鉾（やまぼこ）の見学や、厄除けの粽（ちまき）を購入する観光客でおおいに賑わっている。今年は屋台が立ち並ぶ宵々山と宵山（よいやま）が土日と被る好条件も手伝って、さらに人出は増すだろう。

だんだんと太陽が顔を覗かせる京の都は、盆地ゆえに殺人的な蒸し暑さをほこる。とてもじゃないが、真っ昼間から活動したくない。夕方頃に河原町に出ようと意見が一致した俺たちは、出町柳の喫茶店でうだうだと時間を潰していた。当初はいつものハンバーガーショップに行くつもりだったが、凛との別れが近いとなれば話は変わる。なんとなく、チェーン店よりも馴染みの喫茶店のほうが相応しい気がした。

「しかしまあ、相変わらず流行ってねえな」

深谷がアイス珈琲を飲みながら、辺りを見渡した。俺たちの他に客はいない。マスターは「中途半端な時間だからだよ」と言っていたが、いつ訪れても変わらない。

余命僅かの幽霊少女は、本日も壁の写真に夢中のようだ。京都の街角を捉えた写真は、モノクロに加工されて味わい深い雰囲気を醸し出している。

出町桝形商店街(でまちますがたしょうてんがい)のアーケードに吊り下げられたサバのモニュメントや、三条の鴨川沿いにあるコーヒーショップ、青空に向かってそびえ立つ京都タワーに、烏丸御池(からすまおいけ)にある書店。他にも鴨川デルタや、雪景色の貴船(きふね)神社、下鴨(しもがも)神社の御手洗祭(みたらしまつり)など、京都の様々な名所や催しが額縁に収められていた。もちろん、祇園祭(ぎおんまつり)の写真もある。

「これって、本当に全部マスターが撮ってんのかな」

「怪しいよな。あのヒゲがカメラを構える姿を想像できない」

「確かに。シャッターに絡まるもんな」

「そもそも、祇園祭(ぎおんまつり)はヒゲ禁止だしな」

「好き放題に言ってますね……」

凛の冷ややかな意見を受け流し、祇園祭の写真を凝視する。その中でも、ひときわ存在感のある山鉾が目に留まった。屋根にあたる部分に取り付けられた棒状の装飾品が、月を貫くように伸びている。

「凛、この山鉾の名前わかったりする？」

「ああ、長刀鉾ですね。その名の通り薙刀が特徴的なので、一番有名なやつです」

「名前は去年聞いた気がするな。他に面白いのある？」

「私は蟷螂山が好きです。カマキリのからくりが、こう、動くんです！」

カマキリの真似をしながら熱弁する凛が可愛くて、思わず頬が緩む。

「あとは……御利益で選ぶのもアリですね」

なるほど。それぞれの山鉾に御利益があるのか。香川から出てきた俺は、山鉾の違いがまだわからない。各町ごとに特色があるらしいが、去年はゆっくりと見て回る暇がなかった。

「御利益ねえ。なんかハッピーなやつがいいな」

「ざっくりしてますね。学業成就とかどうですか？」

「お。いいじゃん。是非ともあやかりたい」

「白楽天山も良さそうですよ、学業成就に招福除災の御利益もついてきます。ハッピーです！」

なんかよくわからんが、御利益の欲張りセットだ。特に招福除災が気に入った。凛の旅立ちも、神々に祝福されそうではないか。

「墨染、他にもいいのあるぞ。郭巨山(かっきょやま)ってやつ」

名前からはどんな御利益か想像できないが、巨の文字が素敵だ。いずれ写真でワールドワイドな男になる俺にとって、巨大だの巨万の富だの、そういうイメージが連想できる文字は縁起がいいだろう。

「いいじゃん。ちなみにどんな御利益？」

「母乳の出を守ってくれるんだとよ」

けらけらと深谷が笑う。今の俺がそんなもんを守られても仕方がない。どちらかといえば、性転換して豊胸する深谷のほうがピッタリである。

俺が悪態混じりにそう告げると、深谷はくねくねと身体をよじらせながら「アラ心配してくれるの？　そういうところが、好・き」などとほざきやがる。想像を絶する気色悪さに辟易(へきえき)するが、俺とて負けてはいられない。

「もう、アナタったらぁ」

裏声でそう呟きながら、ウィンクをぱちんと決める。そんなやり取りをかわしていると、凛が「やめてください」と抗議してきた。

「もしかして凛たん、嫉妬しちゃった？」

「嫌悪です嫌悪。何が悲しくて、先輩方がクネクネしながら愛を囁きあう光景を眺めなきゃいけないんですか」

凛の怒りはもっともだ。ノッてはみたものの、俺だって悲しい。性懲りもなく内股で身体をよじらせる深谷から、むりやり視線を切った。

「そういえば先輩、明日の日時は決まりましたか？」

「いや、まだだな。ドッペリンからの返信がきてないんだ」

「それは妙ですね……」

「だよなぁ」

午前中は病院に行くと言っていたし、真面目ガールの思考であれば余裕を持って予定を決めたいはずだった。まあ、何かのタイミングが重なって忙しい可能性も大いにある。遅くとも、今日の夜には返信がくるだろう。

今はしっかりと、限られたこの時間を楽しもう。

「マスター！　アイスクリームください！」

胸の中に薄く立ち込めた靄(もや)を振り払うようにして、マスターに向かって叫ぶ。カウンターで分厚い本を熟読していたマスターは、億劫そうに返事をして腰を上げた。こういうところが流行らない理由の一つだ。

「先輩。いいんですか？　夜にもたくさんお金を使うんですよ」

「普段の食費を切り詰めるから大丈夫だ」

「ま、まさかモヤシうどんで凌ぐ気ですか？」

「……その、まさかだ」

凛が口にしたモヤシうどんとは、その名の通りモヤシとうどんを、四倍濃縮の麺つゆで和(あ)えたものである。一食わずか六十円。モヤシとうどんが織りなす純白の二重奏に、麺つゆが漆黒の雫となりて降り注ぐ究極の貧乏料理なのだ。昨夜、初めてこれを目にした凛からは『芸能人が下積み時代の苦労を盛るための料理』との高評価を頂いている。

「心配になるのでちゃんと食べてくださいよ」

凛がお母さんみたいな小言をぶつぶつと漏らす。凛が来てから、部屋の掃除もこまめに行うようになった。遅刻ギリギリとはいえ、朝からちゃんと学校にも通っている。

本当に、ありがたい存在だ。

「先輩、またイヤらしい目してますよ……」

「今めちゃくちゃ感謝してたんだけど」

俺たちのやり取りに深谷が大笑いする。俺が唇を尖らせていると、マスターがのしのしとアイスクリームを持ってきた。ガラスの皿に盛られたバニラ味のアイスには、市販のお菓子が突き刺さっている。

「お前ら、なんか三人で会話してるみたいだな。二人でふざけてるだけなのに、三人目の会話の間がある気がする。そういう芸でもしてんのか？」

マスターはぎょろりとした大きな目で、俺と深谷を交互に見る。小さな声で「二人だよなあ」と、自分を納得させるように呟いた。

「マスターは疲れてるんですよ、きっと」

「おい墨染、疲れるほど客は来てねえだろ」

「ああ、確かにそうだな。デリケートな問題だった」

「マスターに聞こえたらどうするんだ」

「お前ら、全部聞こえてるぞ。ヒゲで搦め捕ってやろうか？」

ぎゃあぎゃあと言い争う俺たちとマスターを見て、凛はただただ呆れながら笑っていた。

喫茶店を出た俺たちは、京阪電車で祇園四条を目指す。祇園祭を楽しむであろう若者たちで電車内は賑わっていた。半ばおしくらまんじゅうの状態で祇園四条駅に到着すると、淀屋橋からの特急が同じタイミングで到着する。

扉が開いた瞬間に、溢れ出す人の山。地下のホームはたちまち激流と化した。流石土曜日だ。去年も驚愕したが、今年は比べ物にならない。我がふるさとの香川が誇る大都会高松でさえ、この規模で県民が一堂に会する日はないだろう。

そう分析していると、隣を歩く深谷が真面目な声色で呟いた。

「なあ墨染。今更だけどよ」

「……どうした」

「周りからしたら変だよな、俺たちの会話」

「確かにそうだな。マスターも困惑してたし」

さきほどのマスターの反応は当然である。男二人がクネクネと馬鹿な会話をしているのに、妙な間が存在する。俺たちは凛の言葉を待っているだけなのだが、他の人には奇妙な空白に違いない。

「まあでも……他人にどう見られるとか関係ないよな、深谷よ」

「ああ、どうでもいいな。他人は他人だし」

「そうそう。凛はちゃんと、ここにいるんだから」

「違いねえ」

最初こそ凛の存在を気にして声を潜めていたが、最近は普通に会話している。凛が確かに存在している以上、周囲を気にして声を潜めたり存在を無視したりするのは、なんとなく嫌になったのだ。

「まあ、凛のほうが気にしてるっぽいけど……」

そう言いながら凛を見ると、目を潤ませてぷるぷると震えていた。

「あれ、凛たん泣いてる」

「な、泣いてませんよ」

「あらー。感動させちゃった？」

「うるさいです、すかぽんたん」

久々に飛び出したすかぽんたんに、謎の懐かしさを覚えて笑ってしまう。そんな俺を見て凛はさらにぷるぷると震え、もう知りませんとそっぽを向いてしまった。

地上へ上がると、空は少しずつ夕焼けに染まりつつあった。茜さす凛の横顔に、思わず寂寥感(せきりょうかん)を抱く。俺がそのままじっと眺めていると、凛が不意に視線を動かした。タイミング悪く、潤んだ瞳をばっちりと見られてしまう。

「あれ、先輩が泣いてる」

「な、泣いてねえよ」

なんだか恥ずかしくなった俺は、凛の頭を叩くふりをする。俺の手はもちろんすり抜けたけれど、凛は頭を押さえて痛がるふりをしていた。

そのまま人の流れに身を任せていると、やがて河原町周辺のアーケードに辿りついた。歩道はみちみちのむちむちである。まだ歩行者天国の時刻に達していないため、大通りに通行客が逃げられないせいだ。

とりあえず蛸薬師通まで外れ、烏丸にある長刀鉾を目指すことにした。

普段は静かな蛸薬師通だが、祭となれば雰囲気は大きく異なり、居酒屋やカフェのスタッフが、特設テントでビールやおつまみを販売するようになる。顔を赤くした中年男性や、着飾った大学生とおぼしき若者がさっそく飲酒に興じていた。漂ってくる香辛料の香りに胃袋を刺激された俺たちは、串に刺さった唐揚げとコーラを早速購入する。

「あれ、お酒は飲まないんですね」

凛が意外そうに言い放つ。ノリと勢いで生きる馬鹿ならば、未成年飲酒くらいはやってのけると思っていたのだろうか。俺はともかく、深谷は成人に見えなくもないので、こういった露店であれば問題なくアルコールを購入できるだろう。

だが、飲まない。煙草だって吸わない。俺も深谷も、この点において信念が共通していた。特に理由があるわけではないが、なんとなく嫌なのだ。

「凛ちゃん。二十歳になるまではコーラでいいんだ」

「そうそう。テンションなんて勝手に上がるし」

「俺たちは悪ぶりたいガキじゃねえからな」

深谷はからからと笑うが、その風体は悪そのものだ。今日も今日とて、ガラの悪い柄シャツを着ている。シルエットが太い古着のカーゴパンツもまた、厳つさを際立たせている。知り合いじゃなければ、絶対に近寄りたくない。

「先輩方って変なところで真面目ですよねえ」

「倫理観はちゃんとしてるんだよ」

「……文化祭の件はどうなんでしょうか」

じとり、凛の視線が湿度を帯びる。

「……唐揚げ、うめえな」

「うんうん。モモ肉はぷりぷりしてる」

「学食はムネ肉だからなあ。安いけど」

「あ、意図的に私を無視してる……大体、なんで校舎で送り火なんてしたんですか」

凛は不機嫌そうに、横目で俺たちを見やる。これ以上の無視は悪手だろう。俺は頬を掻きながら、弁解に近い言葉を放つ。

「楽しそうだったし。目立つかなって」

「まあ……話題にはなりましたけど」

「だろ？　入学志願者も少し増えたらしいし」

俺と深谷を中心に繰り広げた馬鹿騒ぎは、洛中を駆け巡る話題に発展した。

柳高校の文化祭は本来は六月に行われるのだが、去年は災害の影響で一ヶ月繰り越されたのだ。七月といえば、学期末テストを終えた中学三年生が、本格的に進路を決める大事な時期でもある。思いつきで敢行した送り火は「なんか面白そうな先輩がいるぞ」と、進路に悩む中学三年生の決め手になったとか、なっていないとか。

「よく停学で済みましたね」

立入禁止の屋上に忍び込み、届け出のない火気を使用するなど、本来であれば退学処分だろう。そのときは軽く考えていたのだが、校外にも噂が広まるほど影響は大きかった。一般開放している文化祭なので、今思えば当然ではある。

「それは、佐々木先生が口添えしてくれたからな」

俺たちは高校生活にレッドカードを渡されるはずだったが、そこで立ち上がってくれたのは学年主任でもある佐々木先生だ。烈火の如く激怒する校長先生を必死に説得してくれたお陰で、馬鹿二人はイエローカードの停学処分で済んだわけだ。

『若気の至りは、一度までなら許しましょう』

校長室を後にした俺たちに、佐々木先生は微笑んだ。叱るでも諭(さと)すでもなく、ただ許されたのだ。

「……めちゃくちゃいい人じゃないですか！」

凛が感動した様子を見せながら、話し終えた俺に詰め寄る。

「凛はさ、佐々木先生とは会ってなかったの？」

「そうですね。私は面識がないと思います」

「そっかそっか」

俺はコーラを一気に飲み干した。凛はおそらく、佐々木先生も忘れているのだろう。在校していた期間が二週間とはいえ、一度くらいは顔を合わせているはずだ。ただ、確証はない。本当に面識がない可能性もあるので、この話を掘り下げても意味はない気がした。俺は話題を変えるために、今日はどんな写真が撮りたいのかを聞いた。

「山鉾(やまぼこ)です！　あと、先輩方と一緒に自撮りしたいですね」

意外な単語が飛び出したので、俺と深谷は顔を見合わせた。自撮りしたいと言われても、凛は写真には写らない。

「あ、言われなくても私が写らないのはわかってますよ。写らなくてもいいんです。先輩方に私がいるってちゃんと覚えてもらえれば」

その言葉を聞いた深谷は、眼鏡を外して涙を拭っていた。どうやら、俺たちの涙腺は緩くなっているらしい。

「お、深谷おじさんが泣いてるぞ」

「本当ですね。感動させせちゃいました？」

俺たちは、からかうようにニヤニヤする。深谷は顔をそむけながら「これはコーラが溢れ出しただけだ」と強がって見せた。

それはそれで大問題である。


人の波に流されるようにして、まず辿り着いたのは蟷螂山だ。祇園祭には三十数基の山鉾が存在するが、唯一からくりが仕掛けられた蟷螂山は異質な存在であるらしい。すでに多くの人々が懸装品を見物していたので、俺たちも周囲にならい近寄って凝視する。なるほど、これは動く美術品と評されるわけだ。

実物を目にすると、老若男女から「カマキリ山」として人気を博している理由がわかった。あちこちにカマキリの要素がちりばめられている中でも、やはり特筆すべきは屋根にちょこんと乗せられたカマキリだろう。喫茶店で凜が真似していたとおり、その姿にはたいへん愛嬌があった。

勇猛なカマキリは、どうやら中国の故事をルーツに持つらしい。絶対に敵わない相手にも、臆せずに立ち向かう様子を表しているのだとか。その特徴は、今だとカマキリよりチワワやポメラニアンみたいな小型犬に当てはまる気がする。時代が違えば、チワワ山やポメラニアン山などの山鉾に発展した可能性もあるのではないか。

「先輩、また変な想像してます？」

「何を言う、歴史の素晴らしさに感動していたところだ」

「なんですかそれ、変なの。それより先輩、写真撮りましょうよ！」

凜が指でフレームを組んで、無邪気にアピールしてきた。何度見ても飽きない笑顔だ。凜に身体を重ね、スマホのカメラアプリを起動する。

「あー、なるほどな。このアングルもいいな」

「先輩だったらどう撮ってたんですか？」

「俺はこうかな」

俺は少し横にずれ、下から見上げるようにスマホを構えた。凛は身体を器用に横にして、俺と視線を合わせる。

「へぇ……これもいいですね」

「お。凛たんお墨付き？」

俺が撮影した蟷螂山は、カマキリの上半身だけが屋根から飛び出すように写っている。これにより、大鎌がより強調されるような気がしたのだ。

「悔しいですけど、いいです」

「いやー、才能が出ちゃってるよな」

「そうですね。指さえ被ってなければ完璧でした」

「……へ？」

焦って確認すると、凛の言うとおり画面の端が肌色にぼやけている。初歩的すぎるミスに、がっくりとうなだれた。

「まだまだ修業あるのみ、ですね」

凛は腕を組んで威張るように言い放った。何も言い返せない俺は、無言で凛に向けてシャッターを切った。

「ちょ、ちょっと！　先輩！」

実際には写らないとはいえ、いきなりカメラを向けられると焦ってしまうのが人間の本能である。俺は仕返しとばかりに、凛に向けてカメラで連写した。

「楽しそうじゃん、俺もやろっと」

悪ノリした深谷も、俺と並んで凛を連写する。道行く人々はこちらをちらりと見ていたが、特に気にするでもなく過ぎ去っていく。人間は、そこまで他人を気にしない。

「二人ともやめてください！　盗撮で訴えますよ！」

凛は顔を両手で隠しながら、ぷりぷりと抗議している。カメラロールには、何の特徴もない電柱とマンションの写真がずらりと並んでいた。それでも俺は、この写真を見返す度に、少し顔を赤らめた凛の姿を鮮明に思い出すのだろう。

一方的な撮影会を終えた俺たちは蟷螂山を後にし、白楽天山や長刀鉾もたっぷりと満喫したので、東洞院通の路上で一休みをする。時刻は十八時過ぎ。四条烏丸周辺の道は、すでに歩行者天国に切り替わっている。目抜き通りでもある四条通とて、もちろん例外ではない。

「さっき食べたけど、逆に腹減ってきたな」

「わかる。唐揚げが食欲の引き金になった」

男子高校生の胃袋は神秘である。放課後にハンバーガーを食べたとしても、夜にはしっかり腹が減る。アメ車のような燃費の悪さだが、高校生はアメ車と違い、燃料を満タンにしても最高のパフォーマンスが約束されるわけではない。これもまた神秘である。

「そうと決まれば烏丸通に行くか。食料調達だ」

俺はエンジンを全開にして意気揚々と歩きだすが、深谷に制止される。

「待った。先に集合場所決めるぞ。宵山ではぐれたら、二度と会えなくなるからな」

「流石に大袈裟ですが、決めるに越したことはないですね」

深谷と凛が頷き合う。からかっている様子でなく、本気で言っている。

考えてみれば、凛はスマホを操作できない。ふわふわと浮かんで空から探せるとはいえ、この群衆の中から俺たちを見つけるのは不可能に近いだろう。宵山の恐ろしさを、改めて知った。

「じゃあ、このパンケーキ屋の隣でいいか」

深谷が適当に指差したのは、パンケーキを提供するカフェのチェーン店だった。おしゃれな文字とヤシの木が描かれた看板を見る限り、ハワイから日本に上陸したらしい。

「隣の駐車場も空いてるしちょうどいいな」

「だろ。凛ちゃんもここで大丈夫か？」

「任せてください。はぐれたりしませんけど、私は！」

凛は胸をぽんと叩く。どこからその自信が湧くのかは知らないが、なんとなく不安になった俺は、待ち合わせ場所をもう一度確認する。

凛は「私が集まるのはパンケーキ屋さんの前です」と、壊れたロボットのように復唱していた。

四条通の空はだんだんと日が落ちてきて、赤黒く染まっていく。ぼんやりと光る山形提灯も相まって、幻想的な雰囲気に包まれていた。それにしても人が多い。背伸びをしながらジャンプしても、人混みの切れ目など確認できない。子供たちが大きな声で、粽売りのわらべ唄を歌っている。どこを見渡しても、宵山が果てしなく続いていた。

――こんこんちきちん。こんちきちん。

催眠術のごとく、祇園囃子が鳴り響く。人が多い。何度でも言おう。人が多すぎるのだ。これほど混雑していると、自由に歩くのもままならない。俺たちはペンギンのように、よちよちと歩くことしかできなかった。出店が並ぶ烏丸通まで出るのも一苦労だ。その一方で、頭上をふわふわと漂う凛は快適そうである。

「先輩先輩。私、あれ撮りたいです！」

凛のテンションがいきなり上がる。あれが撮りたいと言われても、俺には前を歩く夫婦の後頭部しか見えない。

「いい後頭部だとは思うけど、盗撮は駄目だぞ」

「なんの話ですか。私が言ってるのは大鶏排（ダージーパイ）です」

「だーじーぱい」

まったく聞き慣れない単語に、俺たちはオウム返ししかできない。だーじーぱいとは一体、どんな妖怪なのだろうか。

「墨染先輩、写真を撮るならトレンドを知るのも大切です。まあ、台湾グルメはもはや流行から定番になってますけど」

凛は人差し指を立て、教師のように注意してくる。なるほどそういうものかと納得した俺たちは、さっそくだーじーぱいとやらの屋台を目指した。

ちまちまと動いてる間に、凛のトレンド講座が開始された。どうやらだーじーぱいは、台湾の夜市ではお馴染みらしい。鶏の胸肉をからりと揚げたもので、食感がサクサクしてるんですと力説される。

要するに唐揚げだった。さっき食べたばかりだ。その上『胸肉と違ってモモ肉はうめえなあ』などと絶賛し、胸肉を敵対勢力とみなした後である。今さら異国の胸肉を突き出されても、グルメな俺たちに響くとは到底思えなかった。

だが、いざ大鶏排と書かれた屋台を目にすると考えは一変する。流行には理由があると思い知った。じゅわじゅわと油が弾ける音と共に、複雑に絡み合った香辛料の香りが容赦なく鼻っ柱をぶん殴ってくる。

フライヤーから引き上げられたクソデカ唐揚げを、胃が、本能が求めていた。

「墨染、だーじーぱいはどんなビジュアルなんだ？」

先に人混みを抜け出した俺に、深谷が問いかけてくる。

「クソデカ唐揚げ」

「そんなにか。東京ドーム何個分くらい？」

「三つはくだらん。だから店員も信じられんくらい大きい」

「マジかよ……スカイツリー何本分くらい？」

「数十本はくだらん。顔なんて大気圏に突入してるぞ」

「台湾ってすげえな」

頭の悪いやり取りをしながら、大鶏排の行列に加わった。値段はどうやら六百円。

屋台にしては高額だが、力士の大銀杏のようなボリュームがあるので、むしろリーズナブルかもしれない。

おとなしく並ぶこと数分。無事に大鶏排を購入した俺たちは、凛に言われるがまま写真を撮る。なんでも、顔と並べて自撮りをするのが定番らしい。早くかぶりつきたいのだが、凛は「人を殺した後の目じゃないですか」だの「自撮りアイコンでクソリプしてくるおじさんみたいなアングルですね」だの、容赦ない言葉と共に何度も撮り直しを要求してくる。

「ほらほら、次は深谷先輩も一緒に。間に私も入ります」

凛は楽しくて仕方ないといった顔で、テキパキと指示を出す。

まあ、こういうのも悪くはない。スマホに収められた俺と深谷の間には、一人分の不自然なスペースがぽっかりと空いていた。

「凛ちゃん、もうそろそろ食べていいか？」

「仕方ないですねえ、許可しましょう」

俺たちは凛の合図と共に、大鶏排にかぶりつく。ジューシーな肉汁と、サクサクとした食感が口の中に広がる。それを追いかけるようにして、香辛料の複雑な香りが鼻腔ごと掻き回した。

「美味えな、中毒性が高いぞ」

「食べてるのに、もっと食べたくなる」

「もしかしてヤバい薬とか入ってんのかな」

「否めんな」

「最ッ低の食レポですね」

凛のツッコミを浴びながら、ゆっくりと歩いていく。祇園祭という非日常を、全身で堪能する。今日の凛は本当に楽しそうで、例のふにゃふにゃとした笑顔を常に浮かべている。

最後の思い出として、これ以上ないほど幸せな光景だった。

大鶏排を食べ終えたタイミングで、ポケットの中に入れたスマホが振動した。取り出して画面ロックを解除すると、ドッペリンのメッセージが表示される。

『墨染先輩、本当にすみません』

表示された文面は、何やら不穏な切り出し方だ。

凛と深谷が、両側から俺のスマホを覗き込む。

「ドッペリンちゃんに、何かされたのか？」

「俺に関しては心当たりがない。どっちかといえば俺が謝る側だ」

「ストーカー行為を扇動してますからね……」

俺たちがやいのやいのと言い合っていると、ドッペリンからのメッセージが追加される。

『明日の祇園祭、ちょっとキャンセルさせてください』

冷や水を浴びせられたような感覚。

明日はドッペリンに会えない。全てを片付けるつもりでいたので、肩透かしを食らってしまった。これは理由を聞き出さねばなるまいと、俺は親指を高速で動かしてメッセージを送った。

『何かあった？』

すぐに既読がつく。

『本当にすみません』

『えっと、私、信じてもらえないかもしれませんが』

『その、記憶の一部を失っちゃいまして』

メッセージが連続で届く。俺は呆気にとられ、見ていることしかできない。

『お母さんに「明日の病院どうするの？」って聞かれたんです。私、なんのことか全然わからなくって』

『詳しく話を聞いたんですが「ああ、忘れてるだけなら病院に行かなくても大丈夫ね」って、言われたんです』

焦っているのか、ドッペリンの文面はたどたどしくていまいち要領を得ない。それも相まって、とにかく嫌な予感がする。俺たちの今までを全てひっくり返してしまうような、とてつもなく悪い想像が膨らむ。

凛も深谷も、何も言わない。喧騒も祇園囃子も、全てが遠いところにあるようだ。俺たち三人だけが、宵山(よいやま)から別の場所に飛ばされている錯覚に陥る。鼓動が速くなり、嫌な汗が背中を伝う。

しかし、中々続きが送られない。言葉を選んでいるのか、待てども待てども表示されない。画面との睨み合いに疲れた俺は、視線を少し外して空を見上げる。ゆるやかに流れる雲が、月を覆い隠した。

その瞬間、メッセージの通知音が鳴った。

「……は?」

やっと届いたメッセージに、思わず声が漏れた。

『私、記憶が失われていく障害があるみたいです』

俺は咄嗟に凛を見やるが、首を横に振るばかりで何も答えない。

『お母さんは、机の中にあるノートに全部書いてあるから確認しようねって、優しく言ってくれました。私がちゃんと認識しないと駄目だって』

『それで私、今、ノートを見てるんです』

あまりにも突然で、にわかには信じられない内容。だが、少し散らかった文面がかえってリアルに思えた。

『前向性健忘っていう、一種の記憶障害のようです。具体的には、私は去年の夏以降の記憶が脳に定着していないみたいです。どれだけ覚えようとしても、次第に忘れていくそうです』

息が止まる。

『この先も、ずっとです』

理解できない。いや、理解したくなかった。

『なので、ちょっと現状の整理に時間がかかります。ノートにまだたくさんの文字が書かれているので』

『だから、明日の祇園祭（ぎおんまつり）には行けません。本当にすみません。また連絡します』

前向性健忘と記憶障害。

二つのワードが頭の中をゆっくりと遊泳する。その意味を上手く噛み砕けず、俺の脳はほとんど停止していた。

「……墨染、これを見てくれ」

深谷がスマホを突き出してきた。画面に表示されていたのは、いつか読んだドッペルゲンガーの記事。俺は言われるままに、文字を目で追う。

【ドッペルゲンガーは容姿だけでなく傷や持病、果ては脳のシナプス情報に至るまで完璧に複製して人間に擬態する。】

持病。脳のシナプス情報。

思考回路が息を吹き返し、送られてきたメッセージと結び付く。だが、俺はそれを受け入れたくなかった。

「さ、流石に話が突飛すぎないか」

「いや、結論ありきだが思い当たる節はあった。確証がないから、伝えなかったが」

「思い当たる節？」

俺は反射的に言い返す。

「ああ。凛ちゃんもドッペリンちゃんも……忘れることを異常に怯えていた」

深谷の言葉を聞いた瞬間、先斗町の公園で耳にしたドッペリンの台詞が蘇る。

『何かを忘れるのって、怖いですよね』

ドッペリンが記憶を失ったのは、凛に成り代わる際に何らかの問題が生じたせいだと誤解していた。

『私は何かを忘れるのが怖いんです。忘れられるのはもっと怖いですけど』

南禅寺で凛が呟いた言葉は、自身の消滅を悟ったからだと思い込んでいた。

いや、ありえない。そんなはずはない。そう否定したかったが、ドッペリンの言葉が演技や嘘でないのは、とうに把握していた。

「凛とドッペリンは、記憶障害が発症した事実すら忘れていた。だけど、意識の奥に染み付いた記憶喪失への恐怖に、ずっと怯(おび)えていたっていうのか?」

馬鹿げている、そう笑いたかった。

『私は、記憶を切り取るような一枚が好きなんです。何年経っても、思い出せるような』

夜の鴨川デルタで凛と交わした会話が、容赦なく蘇る。記憶を切り取るというのは、詩的な表現ではなく文字通りの意味なのか。瞬間を記憶として保存するために、凛は写真に縋(すが)るしかなかったのか。

「そんなこと……あっていいはずないだろ!」

やり場のない怒りが爆発する。周囲の人々は驚いた顔をするが、自分の体裁を気にかける余裕などなかった。

「私、てっきり幽霊だから、段々この世から消えていくから、何かを忘れちゃうんだと思ってました。でも、記憶障害のせいだとしたら……ドッペルゲンガーに聞いたところで無駄ですよね」

凛は自虐気味に笑う。忘却を恐れ、忘れた何かを知りたいと願った凛が、自身に記憶障害があると知ってしまう。

それは、どんなおとぎ話よりも残酷な真実だった。

とぼとぼと鴨川沿いを北上し、俺たちは帰路に就いていた。きらびやかな空間に背を向けて歩くのは、今の心境みたいだと自嘲したくなった。

記憶障害。思い返せば、幽霊やドッペルゲンガーといった言葉に気をとられ、生前の凛が記憶障害を抱えていた可能性なんて頭になかった。

それでもまだ全てがつながったわけではない。自主退学した理由や記憶障害に至った経緯など、凛に関する謎は残されている。

けれど、悠長に真実を探る時間は残されていなかった。記憶障害だと知った凛は、見るからに衰弱している。祇園祭(ぎおんまつり)の喧騒の中で「もう、駄目かな」と小さく呟いていたほどだ。俺はすぐに否定したが、気休めなど響くわけがなかった。

なんとかしてやりたいのは山々だが、凛が諦めるのも無理はない話だ。ドッペリンも凛と同様に記憶を失っているのなら、たとえ問いただしても真実に辿(たど)り着けない可能性が高い。

仮にドッペリンが覚えていたとしても、過程が抜け落ちていたら意味はない。脳が整合性を図るために、結論を関係のない過程で結び付けている可能性を否定できないからだ。そんなあやふやな答えを、真実だと受け入れられるだろうか。

唯一の手掛かりであるノートでさえも、凛とドッペリンは存在すら覚えていなかった。そこには間違いなく真実が記載されている。だが、ただの文字の羅列を自分の記憶だと鵜呑みにできるだろうか。

少なくとも、俺には無理だ。

「先輩方、ありがとうございます」

俺の視線に気付いた凛は、貼り付けたような笑みを見せる。

「お礼を言うのはまだ早いだろ？」

「そうそう。礼なんていらねえよ」

俺と深谷は明るく振る舞うが、ただの強がりでしかない。

凛の最後の望みは、失った記憶について知ることだった。

けれど、記憶障害があるとすれば、もはやどこから手をつけていいのかわからない。生身の人間であれば地道に探していけるのだが、霊体の凛にはとにかく時間がない。そのうえ、もはや凛自身が全てを諦めている。現世との繋がりを失った凛は、きっともうすぐいなくなってしまう。

「ふざけんなよ」

俺は小さく呟く。こんな結末で、終わらせていいはずがなかった。

「なあ、凛。駄目元でもさ、ノートを読みに行かないか。一発逆転のホームランになるような真実が書かれてるかもしれないし」

俺は努めてポジティブな発言をする。とにかく足掻きたかった。行動しないと、本当に終わってしまう気がした。

だが、凛は力なく笑うばかりで、首を縦に振らない。吹けば消えそうなほどに弱々しい表情のまま「すみません」と口にして、ぺこりと一度だけ頭を下げた。

「謝らなくていいんだよ、凛たん」

「そうそう。なんにも悪くねえんだから」

空回りしている、自分でもそう思った。

おそらく深谷も同じだろう。俺が言った言葉なのに、凛を励ますためなのか、自分を励ますためなのかわからない。鴨川を包む暗闇が、静かに忍び寄ってくる気がした。

七月十六日、日曜日。

宵山（よいやま）の予定がなくなった俺は、自宅でだらだらと過ごしていた。もちろん凛も一緒である。昨晩よりは元気を取り戻した様子だが、どこか上の空だ。

俺と深谷はノートを読みに行こうと何度も提案したのだが、凛は「むりやり押し掛けると、家族の迷惑にもなりますし」と消極的だった。自分の家族なのに、他人のように気を遣っているのが、ひどく辛かった。

気を紛らすように、俺は写真の勉強に打ち込む。

凛にとって写真は自己表現の手段だけでなく、記憶そのものでもある。忘れる恐怖を抱かない俺が、軽々しく意思を継ぐなどと言えるものではなかった。

それでも俺はやるしかなかった。

結局、写真に縋（すが）っているのは俺のほうかもしれない。凛との繋がりを、失いたくなかったのだ。

凛は相変わらず動画を観ている。今流れているものはすでに視聴済みの動画だ。ぼんやりと画面を眺める凛は、おそらく二度目だとは気付いていないのだろう。

七月十七日、月曜日。

この日、凛は学校について来なかった。なんでも、身体が怠くて思うように動かないらしい。

俺は無理するなよと明るく笑って学校へ向かうが、上手く笑えていなかったはずだ。自転車に乗りながら浴びる風が、涙を乾かしてくれた。

七月十八日、火曜日。

凛は部屋の隅で膝を抱えるようにして浮かんでいた。声をかけると反応はしてくれるが、会話は続かない。今日は動画を観ないのかと聞くと「私、あんまり動画は観ないので」と弱々しい声が返ってきた。

七月十九日、水曜日。

部屋を訪れた深谷を、凛が不思議そうに眺めていた。

俺は嫌な予感がして、思わず「誰かわかるよな?」と問い詰めてしまう。凛は馬鹿にしないでくださいよと柔らかく笑ってみせるが、深谷の名前が出てこない様子だった。

「すみません、黒染めしていない顔を初めて見たので」

その言葉に、俺と深谷は打ちひしがれた。凛にバレないように、トイレで声を押し殺して何度も泣いた。入れ替わるようにトイレに入った深谷も、泣いていたと思う。凛の記憶は、崩壊の一途を辿(たど)る。

七月二十日、木曜日。

俺の部屋に深谷が訪れた。だが、凛は深谷に対して怯(おび)えていた。初対面の男の人とは目も合わせられないと、最初に言っていたのを思い出してしまう。どうやら深谷のことを忘れてしまったようで、俺は優しく「親友なんだ」と紹介した。

深谷は目に涙を溜めながら「よろしくな、美少女ちゃん」とむりやり笑ってみせた。深谷は何度も眼鏡を外し、目元を拭っていた。

七月二十一日、金曜日。

まだ俺を忘れていないのが唯一の救いだった。話しかけると、朗らかに返してくれる。ここ数日、逆に明るい様子なのは、記憶障害があることすら忘れているからだろう。

俺が机で写真論の本を読んでいると、凛が横から「墨染先輩も写真が好きなんですか？」ときらきらした瞳で質問してきた。

「あ、ああ……。実は、最近ハマっててな」

「そうなんですね。奇遇です。私も実は……あれ」

「どうした？」

俺が問うと、凛は視線を右往左往させる。

「いえ、その。私……なんで写真が好きなんでしょうね」

凛が眉を下げながら笑う。俺と凛を繋ぐ最後の糸が、切られた気がした。

「おい、凛……それも忘れたのか？」

「へ？　忘れたって、何をですか？」

「凛にとって、写真は、写真は……」

俺は縋る気持ちで言葉を紡ぐが、凛はただ困ったように俺を見るばかりだった。

もう、記憶を繋ぐ架け橋すらないのか。

その事実に耐えきれなくなって、思わず部屋を飛び出してしまう。全速力で近くの公園まで駆けた。声にならない声が喉から絞り出される。

凛の記憶がどこまで残っていて、どれだけ失われているのか。考えても答えは出ない。だが、もはや事態が好転しないのはわかりきっていた。

「……どこまで、奪えば気が済むんだよ！」

宛先のない怒りが青空に溶け、自己嫌悪に変わっていく。

側にいてやることすら、耐えられなかったのだ。両腕に食い込んだ爪から鮮血がにじみ出る。

自身の無力さに打ちひしがれながら泣いていると、いつの間にか傍らに凛が浮かんでいた。いつからいたのかはわからないが、俺のただならぬ様子に声をかけられなかったのだろう。

「ごめん、心配かけたな」

俺はむりやり笑顔を作って見せる。

「いえ、大丈夫です」

日差しに照らされた凛の姿は、先程よりも薄くなっている気がした。

「ねえ、先輩」

「なんだ？」

「先輩がずっと泣いてるのは、私のせいですか？」

凛の質問が鋭く襲い来る。違うよと、笑ってやりたかった。

「私が、先輩を悲しませているんですか？」

凛の瞳は、嘘や冗談を許さない色を帯びていた。この質問には、正直に答えなければならないのだろう。

俺は言葉を選びながら、今までのことを噛み砕いて伝えた。

俺たちの出会い。凛が提案した復讐劇と、その顛末。そして、凛が何かを忘れている真実。

気が付くと、橙色の陽を浴びた自分の影が伸びていた。それほど長い時間をかけて語っていたのだ。

「そうだったんですか。だとしたら、このままじゃ駄目ですよね。私が、しっかりしないと」

凛は悲観するでもなく、ただしっかりと事実を受け止めていた。迷いのない瞳と真一文字に結ばれた唇は、あの日と同じ表情だった。

七月二十二日、土曜日。

朝目覚めると、凛の姿はどこにもなかった。

　俺はすぐさま深谷に電話をして、一乗寺の駅前で落ち合った。

　深谷が血相を変えて自転車で爆走してくる姿は正直怖かったが、俺も似たようなものだろう。お互いに寝癖がついているし、部屋着のままだが、身なりを気にしている場合ではなかった。

「凛ちゃんがいなくなったって本当か？」

「ああ。でも、消えてはいないと思う」

　根拠はないが、まだこの世界に凛はいる。昨日見せた表情は、自らの意思で部屋を出ていく決意の表れだろう。

「……何があったんだ？」

「昨日、俺、耐えきれなくて泣いちゃったんだよ。そんな姿を見られたから、全部話した」

　凛の記憶は失われていること、深谷とも面識があったこと。僅か二週間ばかりではあるが、本当に色々な思い出を共有してきたこと。俺と深谷が泣いていた理由。俺が写真を勉強している理由。それらの話を全て聞いた凛は何かを決断したのだ。

「なるほどな。それで、凛ちゃんは消えたのか。あの子、自分がいなければ全部解決するとか思ってるんじゃねえか」

　ありえる話だと思った。築き上げた信頼や思い出すら忘れているのであれば、俺たちを悲しませている罪悪感のほうが強いだろう。感情を抜きにすれば、根本的かつ合理的な解決策ではある。

だが、納得できるわけがない。

「迷惑なわけないだろうが！」

俺は吐き捨てるように叫ぶ。俺たちがこれ以上悲しまないように、これ以上迷惑をかけないように、姿を消す決断を下したのならそれは間違いだ。何度悲しんでも、どれだけ絶望しても、俺たちは船を降りる気なんてさらさらなかった。

「凛を連れ戻したい。協力してくれ。消えていない確証はないけど……凛を探したい」

「当たり前だ。忘れられたまま終わってたまるかよ。何度だって、自己紹介してやるからな」

仮に連れ戻したところで、何も解決しない。ハッピーエンドが訪れないのは承知している。

でも、それでも、俺は凛と一緒にいたかった。最後には、笑って送り出してやりたかった。

「とはいえ、凛ちゃんがどこに行ったかわからんな」

深谷は腕組をしながら、その場で考え込む。凛の記憶が失われているので、思い出の場所をあたっても、不発に終わる可能性がある。何か手はないかと記憶を探った瞬間、ある仮説に思い当たる。

「深谷、お前って馬鹿だよな？」

「なんだよいきなり。お前も馬鹿じゃねえか」

「そうだ、俺たちは馬鹿だ。いや、そうじゃない」

「……何が言いたいんだ？」

「教室で凛を初めて見たとき、一体どうやったんだ？」

俺は最初から凛の姿が見えていたが、深谷には見えていなかった。なぜかはわからない。だが、深谷は唸り声を上げただけで凛を視認し、声を知覚するに至ったのだ。

「集中した。とにかく集中した」

「……それだけで見えたんだな？」

俺はスマホを操作する。ドッペリンに告白する約束をノリで交わして以降、まったく動かしていなかったグループ画面を深谷に突きつけた。

「馬鹿なら、集中すれば見えるんだよな？」

俺の意図を察したのか、深谷はニヤリと笑う。

「十中八九、見えるだろうな。大学生みたいな筋金入りの馬鹿だったら、凛ちゃん以外の幽霊も見えちまうんじゃねえか？」

俺と深谷は頷き合う。急いで大学生たちに本日の予定を聞いてみる。メッセージを投下した瞬間に、数件の既読が付いた。ドッペリンだけでなく、俺たちの動向をも監視し、待機していたのかと疑うほどの反応速度だ。

『定期試験だよー』

『死ぬ。勉強したくない』

『美少女を拝みたい。手料理が食べたい』

『クーラーがない、助けてくれ』

流れてくるメッセージには、緊張感など欠片もない。相変わらずの馬鹿ばかりである。定期試験に突入している大学もあるみたいだが、暇そうな大学生も何人かいるようだ。数に不足はないだろう。

『先輩方、幽霊を見てみませんか？』

娯楽を探し続ける灰色の亡霊たちは、ものの数秒で俺が投下したメッセージに集まった。

大学生の監視カメラを再起動させ、深谷と二手に分かれ凛を捜索する。

自転車で川端通を南に下り、賀茂大橋から鴨川デルタを見下ろした。散歩する老人や、川で遊ぶ親子連れの姿が見える。凛の姿はない。鴨川沿いの遊歩道に降りて再度確認するが、やはりいなかった。グループを確認してみても、発見の報告は届いていない。自転車をさらに加速させ、三条付近まで南に下る。凛が行きそうな場所に心当たりがない以上、とにかく動き回るしかなかった。真夏の紫外線が容赦なく肌を突き刺すが、今は気にしていられない。

凛に会いたい。もう一度だけ、笑い合いたい。

油断すると涙腺が緩んでくる。ここまで涙脆くなったのかと自分でも驚くが、悲しいものは悲しいのだ。俺が三条大橋付近に到達したタイミングで、ポケットの中のスマホが振動した。

『見えた、見えたぞ美少女が！』

『まじか。本当にいるんだ』

『俺も見てぇ』

『でもなんか、元気がなさそう。薄い』

グループに投下されたのは、大学生による目撃情報。

やはり凛はまだ消えていなかったのだ。安心感と高揚感で、爆発しそうな気持ちをなんとか抑える。深呼吸をして、どの辺りで見かけたのか問いかける。

『四条河原町の交差点！　烏丸の方に向かって飛んでる』

俺は短くお礼を送信して、すぐに目的地を烏丸付近に変更し、脚力が限界に達する速度で駆け抜けた。前髪を乱しながら、四条大橋を渡り西へと向かう。

この道を通ると、どうしても宵山の夜を思い出してしまう。

無邪気に笑う凛の姿。ふにゃふにゃと緩みきった表情、少し幼さが残る声、あまり高くない身長、陶器のような白い肌、黒くて艶のある髪の毛、アーモンド型の紺碧の目、呆れた顔、怒った顔、笑った顔。

凛を構成する、全てが大好きだと断言できる。

四条通を避け、綾小路通を走り抜ける。本来は自転車の走行が禁じられた区間であるが、なりふり構ってはいられない。

信号待ちのタイミングでスマホを確認すると、グループに新しいメッセージが追加されていた。

『さっきまで追いかけてたけど、東洞院通を曲がったところで見失っちゃった。ごめん！』

そのメッセージを見た瞬間に、深谷から電話がかかってきた。

「墨染、今どこにいる⁉」

「寺町の商店街の近く！」

「わかった。凛ちゃんの行き先はわかってるよな？」

「……当たり前だろ、あとで落ち合うぞ！」

俺も深谷も鼻をすすりながら、震えた声で会話をしている。凛の目的をすでに理解していたからだ。それゆえに涙が止まらなかったのだ。

凛はもう、この世界にいる理由すらわからないのだろう。

記憶の消失と霊体の崩壊、その二つが同時に進行しているのは間違いなかった。でなければ、あんなところに向かうはずがない。

『私が集まるのはパンケーキ屋さんの前です』

それは宵山（よいやま）で決めた、ただの集合場所。なんの変哲もない駐車場が隣にある、チェーン店のパンケーキ屋だ。そこを利用したわけでも、印象深い出来事があったわけでもない。

なぜ約束したのかも、もはや覚えていないだろう。ただ、そこに集まらなきゃいけない約束だけを頼りに、わけもわからず凛は彷徨（さまよ）っている。

「そんなに……そんなに凛を追い詰めて何がしたいんだよ！」

俺は思わず叫んだ。理不尽すぎる現実に激怒した。凛の気持ちに寄り添えば寄り添うほど辛かった。

凛は普通に生きていただけなんだ。

ようやく見えたパンケーキ屋から、ハワイアンな音楽が流れていた。そして、大きな駐車場が目に入る。

その隅で膝を抱えるようにして、凛は座り込んでいた。

凛の身体は、空気と混ざり合うように半透明になっていた。腕や頬からは、白い煙のようなものがゆらゆらと立ち昇っている。霊体の消失が、始まっているのだろう。

俺は自転車を薙（な）ぎ倒すようにフェンス脇に止めて、凛のところへ駆けていく。足音に気がついたのか、凛はゆっくりと視線をこちらに向けた。

「心配した。本当に……心配したんだぞ」

俺は凛の隣に腰掛けて、呼吸を整える。額から流れ落ちる汗を手の甲で拭う。凛はじっと俺を見つめるばかりで口を開かない。次に瞬きをしたら、消えていてもおかしくないくらいに、凛の存在は弱々しく映った。

「やっぱりここか！」

残された時間で何を話すべきか悩んでいると、静寂を切り裂くように声が轟（とどろ）く。反射的に駐車場の入り口を見やると、乗っていた自転車を薙ぎ倒す深谷がいた。歩み寄ってきた深谷は、大きく息を吐いて腰を下ろす。深谷も俺と同じように、凛との別れを覚悟したのだろう。

凛は少しだけ怯えた表情を見せるが、その反応は予想以上に薄かった。

町中とは思えないほど静かだ。俺たちの呼吸以外は何も聞こえない。沈黙に耐えきれず話し出そうとすると、凛の唇が先に動いた。

「理由は覚えてないですけど、ここに集まらなきゃいけないと思ったんです」

こんなに静かなのに、集中しなければ聞き取れないほど、か細い声。それは俺に向けた言葉ではなく、独白のようでもあった。

太陽に照らされたアスファルトの熱が、蜃気楼を生む。すぐ隣にいるはずの凛でさえ、ぐにゃりと歪んで見える。

「ここで大正解だよ」

俺はできるだけ、優しく微笑む。出ていった理由なんてもはやどうでも良かった。もう一度会えた奇跡を喜んで、明るく見送るべきだと思った。

「大正解、ですか」

「ここに来た理由は思い出せない？」

「はい……どうして何も思い出せないんですかね」

凛は目を伏せた。集合場所は覚えているが、理由を完全に忘れているようだ。得体のしれない記憶に従って行動する違和感に、心から苦しんでいる様子だった。約束してたんだよと、言いたかった。だが、呼吸すらままならないほど衰弱している凛に、新たな記憶を吹き込んでどうなるのか。今はただ、安心させてやりたかった。

「私、もう動けないみたいです」

「そっか。じゃあ、俺たちもここにいるよ」

「悪いですよ……それに、暑くないですか？」

「ちょうど肌を焼きたかった気分だし」

「なんですか、それ」

凛は少しだけ口角を上げる。別れの時間が近付いている。俺が大好きだった笑顔は、今はどことなく苦しそうだ。ただの会話すら、疲弊してしまうのだろう。

俺は無理に笑顔を作り、凛を見送る決心を固める。本当は泣き叫びたいほど辛かったが、最初に決めた目標を全うしたかった。

「すみません。私、なんだか眠くなってきました」

吐息混じりの声を漏らしながら、凛はゆっくりと瞼を閉じる。眠るように穏やかな表情は、記憶障害を発症し、ドッペルゲンガーに存在を奪われた、不運な少女のものとは思えなかった。

刹那、凛の身体が一瞬だけ消えた。すぐに輪郭を取り戻すが、凛の姿は白い靄がかかったようにぼやけている。俺と深谷は飛び跳ねるように立ち上がり、凛の顔を覗き込んだ。

「あの……」

最後の力を振り絞るように、凛の唇が開く。俺は耳をぐっと近づける。絶対に聞き逃さないように、意識を集中させた。

「本当に、すみませんでした」

凛は息を荒くしながら、俺に謝罪する。何に対して謝っているのかわからないが、凛が罪悪感を抱く理由など何もなかった。最後に、後ろ向きな気持ちを残してほしくなかった。

「大丈夫、大丈夫だから。何も悪くない」

「でも……こんなにご迷惑を」

「迷惑なんてかけてねえよ！　俺たちは好きでここにいる、迷惑だなんて思っちゃいない！」

俺の言葉に、凛は「ありがとうございます」と小さく呟く。あまりにも微弱な反応。それを合図にするように、凛の姿は目を凝らさないと認識できないほど薄くなる。小さな身体越しに、駐車場のフェンスがはっきりと見えてしまう。

気が付くと、俺の目から涙が溢れていた。ただでさえ視認しにくい凛の姿が、滲んで見えない。天国への旅路で心細くならないように、俺は身体を凛に近付ける。

絶対に大丈夫だから。これからの凛の旅路に、苦痛なんて存在しないから。こんな世界より穏やかな場所で、幸せに暮らせるから。

そう声をかけてやろうと、凛の耳元に口を寄せる。

「本当にすみませんでした……」

だが、俺の言葉は凛の謝罪に遮られる。

凛は弱々しく息を漏らし、目を閉じたまま、顔だけをこちらに向ける。まだ、続きがある様子だった。

二週間前に、部屋に現れた凛の姿を思い出す。中身のない無駄話や、不毛な言い争い。復讐劇の作戦や、凛が抱く夢。ここ数日はそれどころじゃなかったが、それでも、様々なことを語り合った。期間は短くても、四六時中、一緒にいた。

凛との会話は、俺の生活に完全に溶け込んでいたのだ。

次の一言が最後になる。俺は顔を引っ張り上げるように笑顔を作り、凜の言葉を待った。そして、薄い唇がゆっくりと開く。

「見ず知らずの人に、変な話をしてしまって」

「……は？」

心臓を握りつぶされたような感覚。

次に瞬きをしたときには、凜は完全に消失していた。腕を伸ばし、手繰り寄せても、何も掴めない。

「……嘘、だろ」

呆気なく、余韻すら残らない。凜が発したのは、俺を他人として気遣う言葉だった。

流れ落ちる涙は止まり、今度は呼吸が苦しくなる。とてもじゃないが、笑えなかった。笑えるはずがなかった。凜が抱える記憶障害は、最後に俺の存在を奪い去ったのだ。

呆然とする俺の頬を叩くように、車のクラクションが鳴る。

なんでもない現実に引き戻される。

そこに凜はいない。どこにも凜はいない。

何度瞬きをしても、何度目を擦っても、ただ蒸し暑い夏がどこまでも広がるだけだった。

第六章　馬鹿と幽霊とドッペルゲンガー

凛がこの世から消えて、三週間が経過した。

テレビから高校野球の映像が流れ、俺と同年代の生徒が白球を追い掛けている。そんな青春の輝きが、ひどく遠いように思えた。

高校生活の貴重な夏休みを、無為に過ごしているのは理解している。どれだけ落ち込んでも凛は帰ってこないし、状況は好転しない。

けれど、笑って送り出せなかった後悔と、最後に忘れられてしまった衝撃が、引き千切れない鎖になって俺の身体を縛り付けていた。カーテンを閉め切った部屋は昼なのに薄暗く、陰鬱(いんうつ)な雰囲気が漂っている。

だが、今の俺には心地いい。クーラーがごうごうと唸りを上げる。ベッドに身体を沈め、しばらくテレビを眺めていると、突如インターホンが鳴り響いた。

夏休み中に俺の部屋を訪ねてくる相手など、残念ながら一人しかいない。

居留守を使おうかと悩んだが、俺が外出していないのはすでに承知の上だろう。アイツがあっさりと諦めるはずもなく、籠城戦になっては俺のストレスが増すだけだ。適当にあしらおうと、おもむろに腰を上げる。古臭いドアホンにゆっくりと手を伸ばし、外のインターホンと通話を繋げた。

「開けろ墨染。開けねえと火ぃ点けるぞ」

物騒な物言いと、乱暴にドアを叩く音。予想以上の武力行使だった。ここまでされては話が変わる。深谷の姿はどう好意的に捉えても闇金の回収業者だろう。ただでさえ、郵便受けに鯉（こい）やら大根やらを突っ込まれるせいで他の住民から警戒されているのだ。これ以上、俺の印象は落とせない。

仕方なく玄関の扉を開けると、突き刺すような日差しと共に、派手な柄シャツが目に飛び込んできた。

「よっす。久しぶり」

何を買い込んだのか知らんが、ぱんぱんに膨らんだスーパーの袋を手にしている。

「……何か用事か」

「用事がなくても会うのが親友だろ」

俺の許可を待たずに、深谷はずかずかと部屋に入り込んでくる。そして荒っぽく靴を脱ぎ飛ばし「また動物園に戻ってるじゃねえか」と悪態をついた。親友というより、タチが悪い地元の先輩のような振る舞いだった。

「とりあえず換気するぞ、臭くてかなわん」

深谷はそう言いながら、部屋の窓を順番に開けていく。蒸し暑い外気とクーラーの冷気がすぐに混ざりあった。

「どうせ、ろくなモン食べてないだろ。栄養ありそうなやつを買い込んできたから食え」

テーブルの上に置かれたビニール袋は、近くのスーパーのものだった。凛を失った俺が自堕落な生活を送っているのは、どうやら見抜かれているらしい。ありがたい反面、異常な優しさに気味の悪さを覚える。深谷は困ったときに助けてくれる奴だが、母親のように甲斐甲斐しく世話を焼くタイプではない。

「とりあえずほら、ほうれん草のおひたし」

「ああ……ありがとう」

「あとは、タコとワカメの酢の物」

「おう……」

「おいなりさんもあるぞ」

「老夫婦の食卓じゃねえか」

机に並べられた惣菜はいささか健康的すぎるが、それでもありがたい。抱いた違和感を振り払いつつ深谷に礼を述べ、惣菜の蓋を開ける。

「あと、お茶とスポーツドリンクのペットボトルも買ってきたから、冷蔵庫に入れておく。お代は気にしなくていいぞ」

その言葉に思わず割り箸を落としてしまう。やはり異常だ。深谷が俺に奢ってくれるなんて、天変地異が起きてもありえない出来事だ。

まさか、本当に天変地異が起きているのかと外を見やるが、澄み切った青空が広がるばかりだ。空が赤く染まったり、黒い雲が浮かんだりはしていない。

残された選択肢は、もはや一つだ。

「お前、もしやドッペルゲンガーか？」

「スパイク履いて人の好意を踏みにじりやがったな」

深谷は呆れながら溜息を吐く。

「まあ、全てが俺の好意ってわけでもねえけどな。それはドッペリンちゃんからだよ」

袋の中をがさごそと漁り、深谷はソーダ味のアイスを取り出した。

「ドッペリンから？」

「そうだ。お前、連絡も無視してたろ？　だから俺に様子を見てきてほしいって依頼が入ったんだよ。まあ、お前が落ち込む理由なんて、ドッペリンちゃんは知る由もないからな」

そう言われれば、最近はスマホすら見ていなかった。充電器に挿しっぱなしのスマホを手に取る。

開いてみると、確かに溢れんばかりの通知が舞い込んでいる。送り主の一覧には深谷やクラスメイトの名前もあるが、一番多いのはドッペリンからのメッセージだった。

「記憶障害について、ドッペリンちゃんは自分の中である程度向き合えたらしい。祇園祭をドタキャンした件もあるし、改めてお前と会って話したいだとよ」

シャクシャクと、アイスをかじる音が鳴る。

正直に言うと、会いたくはなかった。

どうしても凛を思い出してしまうし、いまさら記憶障害について知ったところで凛はもういない。そんなマイナス思考が顔に出ていたのか、深谷は呆れたように息を吐いた。

「墨染。気持ちはわかるぞ。ドッペリンちゃんに会って、お前の傷が癒えるわけでもない。凛ちゃんが戻ってくるわけでもない。でもな……俺は気になる。凛ちゃんがこの世界でどう生きて、何を背負い、何を感じていたのか。俺たちは、それを知る義務があると思う。権利じゃねえぞ、義務だ。格好つけて協力するって言ったのに、途中で放棄すんのか？」

深谷はそう言い終わると、アイスの棒を持って立ち上がる。ゴミ箱を探している様子だったが、痺れを切らしたのか「部屋自体がゴミ箱と変わりないしな」と、謎の落とし所を見つけて台所に放置しやがる。

俺は立ち上がり、本来のゴミ箱にアイスの棒をシュートしてから問いかける。

「……凛はさ、それを望んでるのかな」

「はぁ？　望んでるも何も、知りたいって言ってたのは凛ちゃんだろ。お前が写真家になる意思を継ぐなら、その意思もついでに背負っていけよ」

近寄ってきた深谷が、バチンと俺の額を叩く。

「言いたくないが、凛ちゃんは家族に弔ってもらえねえんだ。ドッペリンちゃんがいる以上、白谷凛の死は存在しないからな……。だからよ、俺たちが家族の分まで弔って、ちょっと遅い餞でも送り付けてやろうぜ」

深谷の言葉に、いまさら気付いてしまう。

凛は死者として認識されない。墓が立つわけでも、遺影が残るわけでもない。俺たちがやらねば、誰にも弔ってもらえないのだ。天国がどんなところか知らないが、現世の反応がなければ寂しいのは間違いないだろう。

凛が俺たちを忘れていたとしても、見捨てる理由にはならない。思い出してもらえなくても、凛が生きていたことを知る俺たちが、弔(とむら)わなければいけない。

「そうだよな。ちゃんとしなきゃな」

「そうそう。それに、俺はまた凛ちゃんに会える気がする」

「……どうやって？」

俺はテーブルに手をつき、身を乗り出して深谷に詰め寄る。方法があるのなら駄目元だろうが試したかった。

「いや。わからん。何も思いつかん」

深谷の間が抜けた返事と同時に、テレビの向こうでカキンと小気味よい音が鳴り響く。どうやら高校球児が、特大のホームランを放ったようだ。

「……わからねえけどよ、一発逆転のホームランを打てる気がするんだよな」

ぼそりと呟いた深谷の横顔は、至って真剣だった。

その日の夕方、俺と深谷はいつもの喫茶店を訪れていた。薄暗い店内には、相変わらず他の客はない。実は喫茶店などなくて、狐や狸に化かされているのではないかと疑うほどだ。

「注文決まったかー？」

ここ最近のマスターはヒゲをたくわえすぎて、砂鉄を集めた磁石のようである。清潔感もクソもない。こういうところも、この喫茶店が流行らない理由だろう。毛玉のようなオッサンが淹れた珈琲など、何が浮いているかわかったものではないからだ。

そんな分析をしながら、薄汚いメニュー表に視線を落とす。

「じゃあ俺はナポリタンを山ほど。深谷は？」

「俺は明太子で。誠意のある大盛りを見せてください」

俺たちが無茶振りをすると、マスターは意外にも挑発的に口角を吊り上げた。

「……わかった、無限盛り二つでいいんだな？」

「無限ですか、いいですね」

「いつもの大盛りなんかじゃ満足しませんよ！」

「ヨッシャ、二度とパスタ食えねえ身体にしてやる」

マスターはふんと鼻息を鳴らし、のしのしと厨房へ消えていく。少し様子がおかしかったが、ようやく常連客へのサービス精神に目覚めたのだろう。

深谷はマスターに追従するように席を立ち、入口近くの本棚から漫画の週刊誌を取り出す。ぺらぺらとページを捲りながら、席に戻ってきた。

「墨染よ、元気は出たか？」

「ああ。おかげさまでな」

「ったく、三週間も引きこもりやがって。感謝しろよ」

「……足の指とか舐めたほうがいいか？」

「感謝が卑屈すぎるんだよ。まあ、馬鹿を言える程度には元気になったみたいだな。そろそろ本題に入るとするか」

深谷はそう前置きして、漫画を机に置く。

俺の見間違いでなければ、勝手にページの端を折り込んでいた気がする。地域によっては極刑にあたる行為だ。

当の本人は気にもとめない様子でスマホを操作して、ドッペリンとのメッセージ画面をこちらに突きつけた。

「ここの一番下を見てくれ」

いやに真面目な口調だ。俺は気を引き締めて、目線を下げる。表示されていたのは、予想の斜め上をいく文言だった。

『私って、ドッペルゲンガーなんですか？』

衝撃。俺は思わず立ち上がってしまう。

「おい、深谷。これって……」

「これは今月に入ってからのメッセージだから、十日前に届いたものだ。ドッペリンちゃんは、何らかの方法で自身の正体に辿(たど)り着いた。墨染、これをどう思う？」

どう思うかと聞かれても、なんとも言えない。

文言から察するに、ドッペルゲンガーとしての自我を取り戻したのではなく、自分自身の正体に気付いてしまったようなニュアンスだ。

「記憶を失う前に、ドッペリンがノートに書いていたのか？」

可能性としてはそれしか考えられないが、なぜ自分を惑わすような情報をわざわざ記載したのか。人間として生きていくなら余計な情報はないほうがいいはずだ。

「たぶんな。この件については近々話をしにいくと返信してる。向こうが気付いてる以上、はぐらかす必要はないしな」

凛が記憶障害を発症した理由、その後の生活、二週間で自主退学を申し出た経緯。そして、ドッペリンが自身の正体に気がつくに至った何かしらの情報。

やはりドッペリンが記しているノートには真実が記されている。すぐにでも知りたかった。

「深谷、明日行くぞ。どうせ暇だろ」

「そう言うと思ってた。けど、お前は大丈夫なのか？」

「何が」

「お盆だぞ。実家に帰らなくていいのか」

「そうだなぁ。予備校の件も話さなきゃいけんしな」

予備校に通うためには、両親を説得しなければならない。凛が消えたショックで足踏みしていたが、そろそろ話をつけておかないと手遅れになってしまう。だが、先に凛について知るべきだと思った。

「帰省は、盆休みが終わってからにする。人も多いし」

「そっか。なら、動くなら今しかねえな」

「だな。とりあえず、ドッペリンに明日の予定を聞いてみる」

俺がドッペリンにメッセージを送信するのと同じタイミングで、マスターが大皿を二つ持ってきた。どちらのパスタも山のように盛られている。普段の大盛りの倍に近い量があるだろう。

「二度とパスタ食えねえ量にしてやったぞ」

マスターは似合わない笑みを浮かべ、テーブルに伝票を置いた。俺と深谷はマスターに何度もお礼を言いパスタをすすった。

「おかわりもあるから、遠慮せずに食え」

深谷はマスターの言葉に感動しているが、俺はパスタを巻く手を止めてしまった。

異常だ、異常すぎる優しさだ。俺たちの知るマスターは、こんなにサービス精神旺盛な人ではない。そこはかとなく嫌な予感がして、おそるおそる伝票を表にした。

【無限パスタ×2　¥4800—】

「おい、ふざけんなよヒゲ！」

「……何を怒ってやがる」

俺は席を立ち上がり抗議した。こんなものを頼んだ覚えはない。この店は普通か大盛りのサイズしか存在しなかったはずだ。ついにやりやがった。イタリアンの悪魔に魂を売りやがった。

「これは駄目でしょ！　頼んでもないサービスを」

「無限盛りでいいって言っただろうが」

「このパスタデビルが！」

俺の罵声を浴びてなお、涼し気な顔をするマスターは無言で壁を指差した。

そこには、クソ汚い文字で『無限パスタ始めました』と、殴り書きされた紙が貼ってある。明らかに、ここ数日の間に登場した新メニューだ。

「無限盛りでいいんだな？　ってちゃんと聞いたろ」

このオッサン、俺たちの習性を利用しやがった。

不敵な笑みを浮かべるマスターに、俺はお手拭きを投げ付けた。それをマスターは上体だけでひらりとかわし、高笑いしながら厨房の奥へ消えていく。

完全にやられた。俺たちだけを狙い澄ました罠だ。

ぷりぷりと怒りに震える俺を、深谷は「まあまあ」となだめてくる。予想外に跳ね上がった値段を知ってもなお、気にしていない様子だ。

「いいのか深谷。あのヒゲ、日本の法律では裁けない悪魔だぞ」

「まあ、おかわり含めた値段なら結構お得なんじゃね？　食べきれなかった分のお持ち帰りサービスも付いてるし、運動部には需要ありそうだ」

壁に貼り付けられた紙を見る。確かに『お持ち帰りサービスもあるヨ』と書かれている。最後の文字を片仮名にする絶妙な古臭さに辟易したが、お得といえばお得かもしれない。半ばハメられたのは癪に障るが、出てきたものは仕方がない。無限と名乗るからには、どれだけ食べてもいいのだろう。

「閉店に追い込むくらい食ってやろうぜ」

「面白そうだな。吐けば無限に食えるしな」

「全部聞こえてんだよ、お前ら」

店の奥から、マスターが注意してくる。冗談が通じないヒゲである。俺は勢いよくパスタを口に放り込み、クソ汚い紙を眺める。しばらく凝視していると、貼られた場所に違和感を覚える。

確か、あの場所には祇園祭の写真があったはずだ。

凛に山鉾を教えてもらったので、記憶に残っている。目を閉じると、力説する凛の姿が浮かんでくる。

あの日に戻れたら、どれだけ幸せだろうか。

祇園祭の写真が外されていると、凛との記憶も剥がれ落ちてしまったようで、たちまち悲しい気分になる。もちろんマスターは何も考えず、ただ祭が終わったから外しただけだろう。至極単純な理由である。それはわかっているのだが、やはり落ち込んでしまう。

「墨染、落ち込んでてもどうしようもねえぞ」

深谷がフォークを俺に向けてくる。

「そんなにわかりやすいか？」

「顔に出ているというか、顔が考えてる」

とてつもなく失礼な分析をされた気がする。顔で思考する生き物など妖怪でしかない。

俺はそうかいと呆れながら、パスタを口に放り込む。その時、机に置いたスマホが震えた。開くと、ドッペリンからのメッセージだった。自身のことについて明日話したい旨と、俺の無事を心から喜ぶ内容が記されていた。

「深谷。ドッペリンも明日でいいってさ。午前中から来てください、だとよ」

そう伝えた瞬間、深谷が小刻みに震えだした。フォークが皿にあたり、耳障りな音が鳴る。

「もしや、家にか？」

「……家にだ」

頷くと、深谷はたっぷり間を取って俺を見据えた。

「こんなときに言うのもなんだが……」

「なんだ」

「めちゃくちゃ興奮してきた」

「わかる。正直、落ち着かん」

女子の部屋に入るだなんて、初めての経験である。おそらく、百貨店の一階みたいな香りがほのかに漂っているのだろう。ラーメン屋のダクトと同じ臭いがする俺の部屋とは、天と地の差があるはずだ。

もちろん、目的は真相を暴くこと。そして、天国にいるであろう凛に全てを報告することだ。

それはわかっている。わかっているが、意識してしまう。

「……俺、今日眠れるかわかんねえ」

深谷の呟きに、心の中で賛同した。すまん、凛。

凛の自宅は、叡山電鉄の元田中駅(もとたなかえき)が最寄りらしい。一乗寺からほど近く、自転車なら十分くらいで到着する距離である。夕方まで親はいないという新情報を得たせいか、俺たちの緊張感はピークに達していた。

メッセージで教えてもらった住所を頼りに辿(たど)り着いたのは、二階建ての一軒家だった。白と黒のモノトーンの外観だからか、周りの家屋より瀟洒(しょうしゃ)に見える。表札に白谷と書かれているので、ここで間違いないだろう。

おそるおそるインターホンを鳴らすと、ドッペリンの声がスピーカーから聞こえてくる。玄関の鍵は開いているので、そのまま入ってくださいと案内された。

「いよいよだな……」

「部屋に入ったら我を失うかもしれん」

「そのときは凛の代わりにグーで殴ってやるよ」

俺たちは頷き合い、意を決して片開きの扉を開ける。

隙間からふわりと、花畑のような香りが漂ってくる。男の一人暮らしでは絶対に発生しない香りだ。やはり、ここは女子が住まう家なのだと実感する。

予期せぬ攻撃に悶えていると、ちゃかちゃかとフローリングを何かが走るような音が聞こえてきた。俺たちの正気を刈り取る魔物が放たれたのだろうか。

その音は段々大きくなり、やがて姿を現す。

ふわふわの茶々丸だった。以前、河川敷で少し撫でてやった程度なのだが、それでも俺を覚えていてくれたらしい。興奮しすぎて死ぬんじゃないかと心配になるほど回転しながら、俺の手をべろべろと舐め散らかしてくる。

「あー、茶々丸。駄目ですよ！」

茶々丸の腹を撫でくり回していると、奥からドッペリンがやってきた。

「すみません、わざわざ来ていただいて」

ドッペリンはぺこりと頭を下げ、俺たちを二階に案内する。覚悟はしていたが、凛の姿を見ると心にくるものがある。もし凛が生きていればと、どうにもならない考えばかりが頭を埋め尽くす。

俺は頭をリセットするために、額をぱちんと強く叩いた。思いの外響いてしまい、ドッペリンが振り返る。満面の笑みとウィンクで誤魔化すと、怪訝な表情をされた。不服である。

なんとも言えない空気に包まれながら、廊下の突き当たりを目指して歩いた。

「あ、ここが私の部屋です。ただ、その……最初はびっくりすると思います。ちゃんと説明するので、引かないでくださいね」

部屋の前でドッペリンは一度立ち止まり、眉を下げて謎の予防線を張ってくる。俺と深谷は意図がわからず、首をかくんと傾げた。

「そんなにヤバい部屋なのか」

「まあ、普通ではないかもしれません。実物を見てもらうほうが早いかと」

「……オスのおじさんでも飼ってるのか？」

「おじさんは総じてオスですよ。てか飼ってませんから」

ドッペリンのツッコミに、深谷が血相を変えて訂正を挟む。

「その発言はまずい、今はメスのおじさんだって存在する！」

「多様性が求められる時代への配慮はいらないです」

凛と違わぬ鋭い寸鉄に、奇妙な懐かしさを抱く。ドッペリンは俺たちの様子を見て少しだけ不思議そうな表情をしたが、すぐに笑顔を取り戻し、部屋の扉を開けた。

ドッペリンに続いて部屋に入った瞬間、確かに異様だと思った。

「なんだここは……」

思わず声が漏れる。八畳ほどの部屋の壁は、全て写真で埋め尽くされていた。隙間が見つからないほどビッシリと貼られた写真は、インテリアとしての貼り方ではない。初めて女子の部屋に入る高揚感は、早くも霧散した。

「右手の壁に貼ってあるのは、今まで関わった人や、大事なイベントと紐付いた風景です」

ドッペリンの言葉を受けて見渡すと、さらに異様さが際立つ。左上には、人物の写真が固められている。

「左上は家族の写真です。お母さん、お父さん、お婆ちゃん、お爺ちゃん、それから茶々丸。それ以外は友人ですね。ちゃんと、墨染先輩の写真もありますよ。家族は忘れたりしないんですけど……念のためです」

写真を一枚ずつなぞるドッペリンの指が、ぴたりと止まる。

そこには、真っ黒な顔をした俺とドッペリンの自撮りが写っている。黒染めスプレーを使った日に、鴨川で撮られたものだ。

「深谷先輩の写真は、この前送ってもらったばかりなのでまだプリントできてないんです。お二人の記憶は忘れてしまう可能性が高いのに……対応が遅れてすみません」

ドッペリンは申し訳なさそうに笑う。

「いや、すまん。言ってる意味がわからないんだが」

「あっ、そうですよね。説明が先ですよね」

「なんの、説明？」

俺は息を呑みながら、ドッペリンの言葉を待つ。

「私、写真で見たものは忘れないみたいです。私の記憶について、説明しますね」

そう言いながら、ドッペリンはノートを開く。

「記憶障害を発症した私は、去年の夏以降の記憶が定着しません。映像から得た情報や、聴覚で得た情報は容赦なく消えちゃいます。けれど、一つだけ例外があります」

ドッペリンは一呼吸してから告げる

「静止画から得られる情報は、記憶できるみたいです。肉眼だったり、映像で得た情報は忘れてしまいますが、写真のような静止画はなぜか忘れません」

俺はただ聞くことしかできなかった。静止画を記憶する脳細胞の問題なのか、他の要因があるのか、医者にもわからないらしい。

「とはいえ、写真を見れば全て記憶できるわけではありません」

ノートを捲りながら、ドッペリンは言葉を続ける。

「風景の写真を見れば、この場所で誰と何をしたか、くらいの記憶は可能です。例えば、この写真は今年の春に家族とバーベキューをしたものです。数日前の記憶すら飛んでしまう私ですが、これは忘れていません」

ドッペリンが指差したのは、河川敷で凛が笑っている写真だった。

「でも……細かなやり取りなんて、まず思い出せません。このバーベキューで家族と交わした会話の大半は忘れていますし、説明されても実感は湧きません」

そんなことが、ありえるのだろうか。

壁に並んだ写真を適当に指差し「じゃあこれは？」と聞いてみる。ドッペリンは、すらすらと写真が撮られた経緯を説明する。合っているのかはわからないが、少なくとも目線は右上を向いていない。

「あれ、これ墨染のアパートじゃね？」

深谷が指差したものには、確かに俺のアパートが写っていた。中学の制服を身に纏う凛と、数名の女子がピースサインしている写真だ。だが、信じられないものが写っている。

凛の隣で明るく笑う少女が、大きな網を持っているのだ。髪をオレンジ色に染めた少女は、不良ではなさそうだが、見るからにアホ丸出しである。そして網の中には、とても見覚えのある鯉の姿。

「おい、こいつ……まさかとは思うが、このあと俺の部屋の郵便受けに鯉を突っ込んだりしてないよな？」

ドッペリンは気まずそうに視線を逸らした。

「えっと、それは、文化祭で有名になった墨染先輩の住所が鍵アカに晒されていたので、友達と一緒に聖地巡礼をしたときの写真なんですが……鯉は、そうですね。てへ」

思わぬところで犯人が暴かれた。真面目だと思っていたが、友達といるときは羽目を外すやんちゃガールだったのか。俺のためにも鯉のためにも、流石に止めてほしかった。

内心で嘆いていると、ふと違和感を抱く。

「墨染先輩……どうしたんですか？」

「なあ、写真で見たものは忘れないんだよな？」

「はい。そうだと思います。貼ってある写真は全て記憶できているので」

　ドッペリンの言葉は、凛の発言と食い違う。

　思い出すのは、凛が初めて俺の部屋に現れた夜。どんな人と親しくなりがちなのか聞いたとき、見た目が派手な友達はいないと言っていた。

　どう見ても、この鯉女は地味で内向的な友人のカテゴリには属さないだろう。可能性として考えられるのは、凛が鯉女を忘れているか、友達として認識していないかだ。

「この鯉女とは仲がいいのか？」

「中学からの大親友ですよ。ちょっとお馬鹿だけど、本当にいい子なんです」

　ちょっとお馬鹿では済まない気がするが、今はどうでもよい。ドッペリンが大親友と断言するくらいだ。凛がこの鯉女を忘れていた可能性が濃厚だろう。

　つまり、写真を見ると忘れないという前提が崩れる。

「……もしかすると、凛は写真で見たものを忘れないのではなく、忘れていても写真を見るたびに思い出せるんじゃないか？」

　俺の言葉に、ドッペリンは口をぽかんと開ける。

　凛が記憶障害と知ってから、違和感を抱いた出来事があった。大学生の監視カメラを起動させたときだ。

凛は情報提供のために、一週間分の行動パターンをすらすらと話していた。去年の夏以降の記憶が失われるのなら、正確な情報ではないはずだ。所々覚えている部分もあるだろうが、いくつかは一年以上前の行動パターンだ。

だが、結果として作戦は大成功だった。目立った相違はなかった。強いて言えば、柳高校の前で張り込んでいた大学生が空振りに終わったくらいだ。これは、凛が自主退学を覚えていなかった影響で発生した誤差だろう。

ここで、俺の仮説を当てはめてみる。もし写真を眺める行為が記憶を引き出すトリガーだとしたら、思い当たる節がある。

パスタデビルが営む喫茶店で、凛は食い入るように壁に貼られていた京都の町並みの写真を眺めていた。喫茶店で京都の町並みと紐づく記憶を思い出していたからこそ、大学生への情報提供や目撃情報の精査についても、スムーズに行えたのではないか。

「凛ちゃんが持ってるミラーレス一眼カメラは、いつ頃購入したやつだ？」

深谷も同じ考えに至ったのか、ドッペリンに疑問を投げかけている。ドッペリンは意図を掴みかねている様子だったが、少し考えてから口を開いた。

「……今年の一月ですね。お年玉で買ったので」

ドッペリンは壁の写真を指差す。そこには、カメラの箱を持った凛がいた。深谷はこの写真を見つけた上で、質問したのだろう。凛はカメラなんて持っていないと断言していた。

やはり、凛の記憶は写真に紐付いている。

そもそも二人の脳の働きが同じであれば、記憶は同じでなければならない。俺たちと出会ってからの記憶はともかく、それ以前の記憶に差異は生じないはずだ。

この部屋で過ごしているドッペリンは、何度忘れても写真さえ見ればすぐに思い出せる。対して、俺の部屋で過ごしていた凛は、写真を見る機会がほぼなかった。思い出す方法があることすら忘れていたのだろう。

『記憶を繋ぐ架け橋になる、写真が大好きでした』

南禅寺で交わした会話が蘇る。写真を見れば思い出すと、無意識に自覚していたからこその発言だったのだろうか。俺はスマホを取り出し、撮影した何百枚もの写真を順にめくっていく。

もしそうであれば。

画面いっぱいに映し出されたのは、祇園祭（ぎおんまつり）での自撮り。大鶏排を手に微笑む俺と深谷の間に不自然に空いたスペース。

これを凛に見せれば、俺や深谷を思い出せたのか。

後悔の念が、波と化して押し寄せる。簡単だった。凛は写真が好きだった。ただ見せてやれば良かった。明るく振る舞おうと躍起になるばかりで、写真を見せる発想に至らなかった。

「墨染、気付いたか？」

「ああ……記憶を繋ぐ架け橋になる、か」

凛にとっての写真は、記憶を切り取るための手段だけではない。文字通り、記憶を繋ぐ架け橋でもあったのだ。

押し黙る俺を、ドッペリンは心配そうに覗き込む。

「あの、大丈夫ですか……？」

状況を理解していないドッペリンは、俺たちの会話の意味さえわからないはずだ。俺は「大丈夫だ」と返事をして、どこから説明したものかと思案する。

凛が幽霊になった話をするならば、ドッペリンが凛を殺した事実も語らねばならない。

それにはまず、自身がドッペルゲンガーだと、目の前にいるドッペリンに自覚させるのが先決だった。

「なぁ、なんで、自分がドッペルゲンガーかもしれないと思ったんだ？」

写真に囲まれた部屋の中に、緊張感が生まれる。

「はい……このノートに書かれていたんです。先輩方も、最初から見たほうがいいですよね？」

ドッペリンはそう言いながら、俺たちに見えるようにノートを開く。

俺と深谷はノートを受け取り、床に置いて覗き込んだ。そこには、日記のような文体で書かれた記録がびっしりと埋め尽くされていた。

しばらくの間、凛が綴った過去に集中した。

【六月二十七日】

お医者さんの話によると、私は事件以降の記憶がなくなる可能性が高いらしい。一時的なものなのか、これから先ずっと続いていくのかは、わからない。だから、私が忘れても思い出せるように、定期的に日記をつけようと思う。

まずは事件のこと。

人気のない道を歩いていた私は、前触れもなく男に襲われた。警察によると、通り魔的な犯行だったらしい。側頭部を鈍器で殴打され、私は意識を失った。そのまま現場から立ち去った犯人は、すぐに逮捕されたようだった。

この事件がきっかけで、私は脳に障害を抱えた。

具体的に記すと、脳に器質的病変が起こり、高次脳機能障害と診断された。症状は、最初に書いた通り。

あと、男の人に恐怖を感じる回数が多くなった。特に初対面の男の人が近寄ると、とてつもなく怖い。どうしても殴られる瞬間を思い出してしまう。

この恐怖も、記憶と共に消えてくれるのかな。


【七月十三日】

今日は、近くの柳高校の文化祭に行った。ここに進学するつもりはなかったけれど、高校の雰囲気を知りたかったので、友達と見て回る。

途中、柳高校の先輩とおぼしき人が屋上でボヤ騒ぎを起こしたニュースで持ち切りになった。不良がいる高校なんだと内心がっかりした。だけど、噂をまとめると少し違うようだった。なんでも五山の送り火を再現したつもりらしい。

なんて馬鹿な人だろうと思った。

私たちは怖いもの見たさで校庭に駆け出し、屋上を見上げた。そこには、拡声器を持ってフェンスに登る男性が二人いた。何か叫んでいたけど、よく聞こえなかった。

私は、スマートフォンで何枚か写真を撮った。高校生ってみんなこうなのかなと、友達と呆れながら笑いあった。久しぶりに笑った気がした。本当に楽しかった。

【八月十五日】

不幸中の幸いというべきか、事件より前の記憶は忘れない可能性が高いとお医者さんは言ってくれた。お母さんやお父さんや茶々丸、そして、友達を忘れる恐れはないと知って本当に安心した。

まだ目立った記憶障害も起きていない。もしかしたら、奇跡が起きて脳が回復しているのかもしれない。このまま何も起きないでほしいな。

【八月二十九日】

文化祭で送り火をしていた先輩の住所が、同級生の鍵アカに晒(さら)されているらしい。友達数名で集まって、そのアパートに遊びに行く話になった。そんなことをする意味はわからなかったけど、中学最後の夏だし、少しだけ羽目(はめ)を外したいなと思った。

集合場所に集まると、虫取り網を持った女の子がいた。確か、隣のクラスの白鷺(しらさぎ)さんだ。目鼻立ちが整っていて、びっくりするほど可愛い子。

話してみると、とても楽しくてすぐに仲良くなった。ただ、ものすごくお馬鹿さんだった。そういうタイプの友人がいなかったので、新鮮だった。

送り火の先輩は、墨染郁人というらしい。

墨染先輩のアパートに辿り着いて、皆で写真を撮った。白鷺さんがどこかの池から鯉を取ってきたようで、墨染先輩の部屋の郵便受けに突っ込んでいた。

いけないとわかっているのに、なんだかものすごく楽しかった。夏のせいだと思った。こんな日がずっと続けばいいのにな。

【十月五日】

このノートの存在を忘れていた。お母さんに言われて、急いで読み直した。書いてあることは半信半疑だけど、なんとなく納得してしまう部分もある。

私は男の人が怖い。事件については覚えてないけれど、本能的に染み付いてしまったのかもしれないと思った。

そして、学校でよく話しかけてくる白鷺さんは、どうやらすでに友達だったらしい。なぜ話しかけてくるのかわからなかったけど、とても楽しく話せるので嫌じゃなかった。でも、この日記を見て、気がついてしまった。

私は、何度も白鷺さんを忘れている。

白鷺さんは、そのたびに私と友達になってくれる。私が事件に巻き込まれたのはたぶん皆が知ってるけど、記憶障害については家族以外に伝えていない。

何度も初対面の反応をしてしまう私を、白鷺さんはどう思っているのだろう。

【十月六日】

私の記憶は予想以上に定着しないようで、夏以降の記憶がほとんどない。そんなことさえ、お母さんに言われて初めて気が付いた。どんな些細な出来事でも日記につけないと、思い出として残せないのだと絶望した。

私は、すでに白鷺さんとは友達らしい。

今日、学校で新しい友人ができたと喜んでいた。この子とは、仲良くなれる気がすると舞い上がっていた。

それなのに、本当に申し訳ない振る舞いをしている。こんな私に、友達の資格なんてあるのかな。

まだまだ続きはあるが、俺と深谷は一度手を止める。

天井を見上げ、大きく息を吐いた。記憶障害が発症した凛の過去を覗き見るのは、予想以上に精神を削られた。

白鷺という女子は、どうやら何度も凛に話しかけて友達になってくれたらしい。いくら鯉をプレゼントしてくるお馬鹿ガールでも、幾度となく初対面の反応をされたら、流石に違和感を抱くはずだ。

だが、白鷺とやらは何も言わなかったのだろう。事件は噂で伝わっているのかもしれない。凛の記憶障害だって、薄々察していた可能性はある。それを知ってなお、何度も話しかけてくれる優しさは、かえって凛にとって辛いものだったはずだ。

以降の日記も凛の苦悩が綴られている。

当然、記憶障害は受験にも影響したようだ。本来であれば、凛はもっと偏差値が高い学校に進学する予定だった。だが、学習内容さえも抜け落ちていく状態では、満足に勉強できない。志望校より偏差値の低い、柳高校に進学せざるを得なかった。

入学してから数日間は、楽しそうな日々が綴られている。だが、一週間後の日記で事態は一変する。

凛は、また記憶を失った。

この記憶喪失は、今までと事情が異なる。二年半の記憶が残る中学時代と違い、高校生活は知らない生徒が増え、ほぼゼロからのスタート。ノートには、全てのクラスメイトの名前が記載されていた。誰と仲良くなったのか、その日どんな会話を交わしたのか、一日のやりとりが詳細に綴られている。その記録は、当然ながら一日ごとに増え続けた。

しかし、どれだけクラスメイトと仲良くなろうが、呆気なく記憶は消失する。凛は忘れるたびに、入学当初からの記憶をノートで追い続ける必要がある。クラスメイト全員分の会話や関係性、その日に習った授業内容。

こんな生活が三年間も続くはずがなかった。

本人もある程度は予測していたはずだが、女子高生として生活を送りたいという、ごく普通の望みを諦められなかったのだろう。けれど、現実はそう簡単ではない。凛は、苦悩の末に見切りをつけたのだ。

それが、二週間で柳高校を自主退学した理由だった。

凛はすぐに、クラスメイトなどの不要な情報を覚える必要がない通信制の高校へ入学を決めた。

この日以来、ノートにはある言葉がよく綴られるようになる。

その言葉は何度も何度も登場し、凛の苦悩の象徴となっていた。忘れるたびにノートを確認し、何度もこの感情に苛(さいな)まれていたのだろう。


【四月二十八日】

早く死にたい。


凜の日記を読み進めるのは、とても辛い作業だった。

この頃は精神が安定していないのか、前向きな日記と後ろ向きな日記が混在している。なんとなく、凜と初めて出会ったときの不安定な様子を思い出してしまう。

ページを捲り、文字を読む。しばらくは死を願いながら日常を送る凜の心情が綴(つづ)られていたが、ある日を境に変化の兆しが見えた。

今年の六月に突入した頃だ。

この日の凜は、精神が安定していたのだろう。撮り溜めた写真の整理をしていたらしい。そこで、写真と自分の記憶の関連性を見つけたようだった。

実際は写真で見たものを忘れないのではなく、写真を見る度に思い出しているのだが、それでも凜にとっては大きな発見だった。

ここから日付は飛び飛びになっていく。綴(つづ)られた心境も、前向きで明るい内容のものばかりだ。壁を埋め尽くすほどの写真を、毎日眺めて記憶を定着させていたからに違いない。

だが、最後の最後に様子の異なるページが目に飛び込んできた。殴り書きのような赤文字が、異質な雰囲気を放っている。ドッペルゲンガーに関する記述だろう。

俺は意を決し、文字を追った。


【七月三日】

記録用に記す。私はドッペルゲンガーだ。

人間からは、古来より死の象徴として恐れられている。ドッペルゲンガーを見た人間は死に至ると言い伝えられているが、厳密には違う。

私たちは、死を決意した人間の前に現れるのだ。そして、対象となる人間を殺害し、成り代わって生涯を終える生き物なのだ。

対象は前述した通り、死を決意した人間に限られる。それも病気や事故ではなく、自らの意思で死を選ぶ人間。自殺願望や希死念慮が望ましい。

そうして私は白谷凛を成り代わりの対象に決めた。彼女からは、自殺を決意した人間特有の強い香りが漂っていたからだ。

成り代わるために必要なのは、白谷凛の複写だ。人間の細胞は複雑で、容姿や性格、その他全てを完全に複写しなければならないため、私は約一ヶ月の間、白谷凛の中で意識を手放す。

実体を持たずに空気中を漂う私は、白谷凛の深層に潜って複写を開始した。この間に、宿主となった白谷凛が死んでしまえば私も死んでしまう。生き残れるかどうかは一種の賭けだったが、私は勝利した。

複写が完了し意識を取り戻したあと、すぐに実体化して白谷凛を捕捉した。白谷凛は何が起きたかも把握できないまま絶命した。

こうして私は、白谷凛としてこの世に存在することになった。

しかし、ここで問題が発覚する。

この少女は死にたがっていない。白谷凛の思考が馴染めば馴染むほど、浮き彫りになる。

ターゲットに定めた際は、確かに死を願っていたはずだ。死を願う生き物を餌とする私が、間違えるはずがない。

私は焦った。これでは、白谷凛は望まない死に至った羽目になる。

私が複写している一ヶ月の間に、どういう心境の変化があったのか。彼女の死に対する願望は、何が起きても覆らないはずだったのに。

なんとか記憶を探り、このノートに全てが記載されている事実に辿り着いた。おそるおそる読み解いた結果、私はある結論を突きつけられた。

この少女が何度も死を望んでいたのは間違いない。

だが、偶然とはいえ自身の記憶を定着させる方法を見つけた。人生に希望を見出した。

そして、希死念慮も記憶障害で失ったのだ。

今までは何度も自殺願望が蘇り、思考が死に帰結していたのだろう。だが、写真を見て記憶する方法が確立されれば話は変わる。

記憶障害と、写真による記憶。二つのイレギュラーな要素が、今の状況を作り出してしまった。

私が複写した脳は、確かに生きたいと願っている。私じゃない私は、希望に満ち溢れている。

けれど、もう何もかも遅かった。記憶障害を持つこの脳は、ドッペルゲンガーであることすら忘れてしまうだろう。

この罪は絶対に許されない。私は一人の少女を死に追いやった悲劇を背負って生きなければならない。生きたいと願う人間の存在を奪うのは、ドッペルゲンガーの理（ことわり）

を逸脱した許されざる失態だ。

このノートを見るたびに、思い出せ。

私の命は、一人の少女の犠牲の上に成り立っている。


記憶を失う前のドッペリンが、ドッペルゲンガーとして書いたものだろう。これは、凛にとってもドッペルゲンガーにとっても不幸な出来事だと言わざるを得ない。

もちろん凛は被害者だ。それは揺るぎない真実であり、どんな事情があれドッペルゲンガーの行いは許されるものではない。

だが、ドッペルゲンガーとしての記憶を失った目の前のドッペリンは、凛として生きている。

自身の正体と、人間を殺害した事実は、一人の少女が背負うには重すぎる内容だ。責められやしなかった。

「……こんなの、普通は信じられません。本来であれば、記憶を失ったいつかの私が書いた与太話（よたばなし）だと一蹴するようなことです。ですが、私の心の奥底には、自分に対する違和感がずっとありました。それは先輩方の反応で、確信に変わりました」

こんな馬鹿げた内容を俺たちが真剣に読み込んだ。それを見て、ドッペリンの疑念は確信に変わったのだろう。

「先輩方は私がドッペルゲンガーだと知ってたんですよね。それを知った上で、私と話してたんですよね？」

ドッペリンの潤んだ虹彩が、蛍光灯の光を含んで輝いている。否定してほしい。瞳はそう願っていた。けれど。

「……そうだな、知ってた」

深谷の返答は、無慈悲な宣告だった。先に口を開くのが俺であっても、同じ回答だったはずだ。ここで嘘を吐いたところで、ドッペリンが確信している以上、何の気休めにもならないだろう。

ドッペリンは痛みを堪えるような表情のまま、口元だけに笑みを残す。

「ノートを読む限り、私がドッペルゲンガーになったのが七月三日。そして、墨染先輩と鴨川で写真を撮ったのは七月六日です。今思えば、あの場所で声をかけてくること自体、おかしかったんです」

俺たちは凛が柳高校の在校生だと勘違いしていたが、実際は四月の時点で自主退学している。言わば接点がない状態だ。

それなのに待ち伏せていたかのように声をかけてきたのだ。

自身の正体に気が付くまでは、偶然で済む出会いだろう。だが、自分がドッペルゲンガーだと知った上で考えると、この出会いには、何かしらの意図があると疑って然るべきだ。

「だから、深谷先輩にメッセージを送ってみました。あんな内容、普通なら冗談だと受け流されて終わりです。でも、深谷先輩は真面目に受け止めて、しっかり話し合う機会を設けました」

ドッペリンが、貫くような視線を向ける。

「私がドッペルゲンガーなのはわかりました。じゃあ……私に話しかけたのは、なぜですか。そもそも、先輩方が私をドッペルゲンガーだと判断したのはどうしてなんですか？」

目から大粒の涙が溢れ、必死に口を引き結んでいる。追い打ちをかける返答になってしまうが、それでも伝えなければいけない。俺は心を鬼にして、真実を告げる。

「俺の部屋に、本物の凛の幽霊が現れた。そして、凛の幽霊はドッペルゲンガーへの復讐を願ったんだ。だから調査のために、君に声をかけた」

ドッペリンは、俺に好意を寄せていたはずだ。それはドッペルゲンガーとしてではなく、一人の人間として、白谷凛としての好意だ。その感情に嘘はないだろう。

俺はそんな好意をも利用して、ドッペルゲンガーの調査を行った。ドッペリンが浮かれているのを肌で感じつつも、適当に話を合わせ、復讐劇の判断材料をかき集めていた。

恋心を秘めた少女にとって、あまりにも残酷な話だ。

「仲良くしてくれたのには、理由があったんですね」

鴨川で見せた向日葵のような笑顔を、俺は結果的に踏みにじった。

否定してやりたかった。俺だって、ドッペリンの積極性に揺らいでいたのだと。

何も言えない俺を庇うように、深谷が立ち上がる。

「凛ちゃん、違うんだ。墨染は、その――」

「私は凛じゃないです！」

深谷の言葉を遮ったドッペリンは、肩を小さく震わせていた。

ああ、そうか。もはや、どんな言葉も空虚に響くのだと痛感した。

どう行動するのが正しかったのか。真実を告げるのが、本当に正しかったのだろうか。歩んだ道を振り返っても、答えは落ちていない。きっと誰にもわからない。

「……すみません、大声を出しちゃって」

先に平静さを取り戻したドッペリンが謝罪する。

「いや、こっちの台詞だ。本当にごめん……」

これは、ドッペリンを一人の少女として尊重せず、後先考えずに行動した結果だ。

重く長い沈黙が訪れる。永遠に等しい静寂を切り裂いたのは、ドッペリンだった。

「……私の幽霊、いえ。白谷凛さんについて聞かせてもらえませんか。にわかに信じられない話ですが、私がドッペルゲンガーだった、という時点で、何が出てきても不思議じゃないですよね」

ドッペリンは笑顔を作るが、明らかに無理をしていた。慰めの言葉をかけてやりたいが、今は何を言っても無意味だろう。

俺と深谷は視線だけで意思疎通を図り、凛について語り始めた。

凛が現れた経緯と、その目的。そして、心境の変化と別れ。

俺たちの中で辿り着いた結論の全て。

これらの内容を、一時間近くかけてドッペリンに説明した。とてつもなく現実離れした話だ。一笑に付すことができたら、どれほど楽だろう。

「そうだったんですか。白谷さんが、情報提供していたんですね」

全てを話し終えた頃には、ドッペリンの様子は少し落ち着いていた。だが、凛の精神が不安定だったのを知っている以上、油断はできない。

俺の不安げな表情から察したのか、ドッペリンが先手を打つように言った。

「心配しなくても大丈夫ですよ。死にたいとか、そういう感情は私の中にないので。ドッペルゲンガーの習性なのか、私には自殺願望や希死念慮は存在しないのだと思います。そういった感情も複写されちゃうと、ドッペルゲンガーの行動原理と矛盾しちゃいますから」

俺は無言で頷く。生きるために死の香りがする人間と成り代わるのに、その人間の思考を丸ごと複写したらすぐに自殺願望に負けてしまう。それは本末転倒だ。

「もちろん、ショックですし、落ち込んでもいます。でも、今はそれより罪悪感が強いです。可能なら、私も白谷さんの幽霊に会いたいです。謝りたいです。許されなくても……きちんと向き合いたいんです！」

涙目のドッペリンは力強く宣言する。凜が自身を強く恨んでいたと知ってなお、直接謝罪したいと言うのだ。

自分の正体や一人の少女を殺めた事実。それらを背負った上で、凜を気遣っている。

俺が悲しむ理由はないと思った。

「強い子だな、ドッペリンは」

「あの、ドッペリンってなんですか」

「言わずもがな、ドッペルゲンガーの凛の略だ」

前にもこんなやり取りをした気がして、頬が綻ぶ。

今はまだ、前を向ける。後悔するのは、全てが終わってからでも遅くない。

そう決意していると、深谷が後頭部を掻きながら口を開いた。

「……水を差すようで悪いが、実際のところ凛ちゃんに会う方法なんて思いつかねえってのが現実だ。盆だから現世に降りてくるみたいな、ミラクルでも起きねえ限りはな」

確かにそうだ。会える方法があるのなら、とっくにその方法に縋りついている。

「そもそも、白谷さんの幽霊は、なぜ墨染先輩の部屋に現れたのでしょう」

「なんでも俺たちが敢行した文化祭の送り火を見て、この馬鹿なら手伝ってくれると睨んだらしい。親や友人だと、もしものときに決断しにくいからって言ってたぞ」

俺の説明に、ドッペリンは首を傾げた。

「確かに頼りになるとは思いますけど……その理由なら、調査は友人に頼んだほうがスムーズですよね。無用な混乱を避けるためとはいえ、そこで墨染先輩に白刃の矢を立てようとはならないです」

「それはそう、だよな」

前々から、決め手に欠ける気はしていた。もちろん、凛の説明に不自然さはなかったが、もっと頼りになる人間がいるだろう。優先順位のトップに俺が君臨しているのは、多少引っかかる。

「何か、他に理由があるのか？」

俺がそう呟くと、深谷は立ち上がり、ぐるぐると首を動かして部屋を見渡した。写真に何かヒントがあるかもしれないと思い、俺も深谷にならうように部屋を見渡す。部屋に飾られている写真には、日付が記載されているものもある。

俺は全ての情報を咀嚼（そしゃく）しながら、脳をフル回転させる。

俺と凛に接点がありそうな写真は、アパートの写真と文化祭の写真だ。

この二枚は隣り合っている。ここに、何らかのヒントが隠されているのだろうか。

俺は文化祭の写真を凝視する。校舎の屋上に現れた大文字焼きと、拡声器片手にフェンスを登る俺の写真。スマホで撮影したのか、画質は少し粗い。

「七月十三日……」

俺は無意識に呟いていた。

文化祭の写真と、アパートの写真。そして、文化祭の送り火は七月十三日。辿（たど）り着いたのは、ゼロに等しい可能性だ。ほぼありえない。

だが、すでに幽霊やらドッペルゲンガーやらが目の前にいるのだ。ありえないという理由で、今更尻込みするわけがなかった。

「なあ深谷」

「どうした？」

「幽霊を降ろさねえか」

俺の呼びかけに、深谷は口角を吊り上げた。

「乗った」

俺と深谷は拳をぶつけ合う。ドッペリンは俺たちの意図を把握できていないようで、ニワトリのように首を動かしてこちらを見ていた。

「たぶん夏休み最後の馬鹿騒ぎだ。派手にやろうぜ」

「ちなみに何をする気だ」

「……二度目の火遊びをする覚悟はあるか？」

俺の問いかけに、深谷はもう一度笑う。

俺の作戦は、仮説の上に仮説を立てるような頼りないものだ。普段なら「そんなアホな」と切り捨てるだろう。この状況下でさえ、馬鹿げていると思う。

しかし、可能性がある以上、実行しない選択肢はない。

「墨染。勿体ぶらねえで話してくれ」

「わかった。鼻で笑うなよ？」

まず、凛が俺の部屋に現れた理由を推測して話した。

ドッペルゲンガーに存在を奪われた凛は、朦朧（もうろう）とした意識のまま、霊体と化して何日か漂っていたと言っていた。その間、壁に貼られた写真を見たのだろう。ここで、文化祭で撮影した送り火の写真に反応したとする。

そもそも送り火とは、天に還る先祖の霊が迷わないように道標（みちしるべ）として焚く火を指す。

当然ながら、先祖を送る火があるなら、先祖を迎える火もある。

迎え火は、通常であればお盆の初めに行うものだ。だが、地域によって、旧暦のお盆にあたる七月十三日に行う場所もある。何を隠そう、香川の片田舎（いなか）にある俺の実家は七月十三日に行っていた。

数年前に、おばあちゃんが玄関先でおがらを焼いていたのを覚えている。旧暦のお盆など知るはずもなかった俺は、とうとう痴呆が襲ってきたのかと不安になり、おばあちゃんの正気を確かめた。

おばあちゃんは、俺の頭をぺちんと叩いてから「これは私のお父さんとお母さんをお迎えしてるんだよ」と笑った。玄関先で迎え火を行うと、先祖の霊が迷わないんだと教えてくれた。

そんな七月十三日は、去年の文化祭の日付と重なる。俺と深谷は五山の送り火でお馴染みの、如意ヶ嶽の大文字焼きを再現したつもりだった。

だが、もしこれが迎え火として霊に干渉できるとしたら、ドッペルゲンガーに人生を奪われ、あの世と現世の境目を彷徨(さまよ)う凛にも作用するだろう。

凛の部屋に貼ってあるアパートの写真と文化祭の写真に再び注目する。これらの写真を見た凛が、俺のアパートの玄関先で迎え火を行っていると認識したのではないか。

本来、迎え火とはご先祖様をお迎えするものだ。

当然ながら凛と俺に血の繋がりはない。だが、常識外れな死を遂げた凛は、何百年経とうが子孫から弔(とむら)われない。そんなイレギュラーな霊だからこそ、イレギュラーな迎え火に反応したのではないか。

もしこの仮説が正しければ、俺が凛の姿を最初から視認できた理由を推測できる。迎え火を行った張本人だから、凛の幽霊と波長が一致したのだろう。

さらに、駄目押しになるのが俺と凛の関係性だ。

面識はあるが、親しいわけではない。殺人の可能性を孕むお願いをする相手として申し分のない馬鹿は、迎え火によって第一候補に浮上する。

そうして凛は時間をかけて、ゆっくりと意識を取り戻して、様々な記憶を失いつつ、俺の部屋に辿り着いた。

これらの仮説が全て合っていれば、俺の作戦は成功する。

「ここまでで、何か質問はあるか？」

「……いや、ない。馬鹿馬鹿しい話だが、筋道は通ってる」

深谷の発言に、ドッペリンも頷く。俺は二人の反応を確認してから、作戦の本題に移る。

「さて、肝心の作戦だ。もう一度、柳高校の屋上で火遊びをする。もちろん、これは送り火ではなく迎え火としてだ」

本日は八月十三日。つまり、今現在の暦で迎え火が行われる日なのだ。

だが、何度も言うように凛は家族に弔われない。現世に降りたくても、迎え火を行う者など誰も存在しない。

俺たちを除いては、だ。

本来なら迎え火は玄関先で行うのだが、前述した理由で凛が俺の部屋に現れたのなら、同じ条件下で行わないと効果は薄いだろう。

「そんで、現れた凛ちゃんに写真を見せつけるってか」

「その通りだ」

同じ条件下であれば、凛は俺の部屋に現れる。俺の部屋の壁にも写真を貼っておけば、現世に降りてきた凛は記憶を取り戻すはずだ。幸い俺のスマホには数百枚の写真が保存されている。コンビニのプリンターを使えばすぐに現像は可能だ。

「可能性はあるかもしれませんが、リスクが大きすぎませんか。先生方に見つかれば、ほぼ確実に怒られちゃいますよ。それどころか、二回目なので退学処分の可能性さえあります」

ドッペリンが、不安げな瞳で俺を見やる。

ドッペリンの懸念はもっともだが、俺に迷いはない。諦めたくなかったのだ。

深谷も俺と同じ気持ちに違いない。馬鹿みたいにニヤついた顔が、全てを物語っていた。

「理由をこじつけるのが上手いな、お前は。なんの根拠もないじゃねえか。作戦じゃなくて与太話(よたばなし)だ」

深谷の言うとおり、この作戦は様々な要素の全てが思惑通りだった前提で立てたものだ。我ながらご都合主義も甚だしい。だが、今年はドッペルゲンガーだの幽霊だのが目の前に現れる夏なのだ。ありえないことなど、何もない。

「夏だから、なんとかなるんだよ」

俺はその場で立ち上がり、高らかに宣言する。

「只今より【柳高校迎え火作戦】を開始する！　もしかすると高校生活最後の馬鹿騒ぎになるかもしれん。派手にやってやろうぜ」

深谷は心底おかしそうな表情で、ぱちぱちと手を叩いた。

「あーもう。わかりました！　私も付き合います！」

ドッペリンは、しぶしぶながらも腰を上げる。

「それにしても、今日が八月十三日だなんて、計ったようなタイミングだな」

深谷が呆れたように笑う。だからこそ、ご都合主義の作戦なのだ。何もかもが、今日のために仕組まれていたのではないかと疑ってしまう。逆に言えば、今日を逃してしまうとチャンスはない。

「セツ子いわく、迎え火は夕方に行わなければ効果はない」

「セツ子って誰だよ」

「俺のおばあちゃんだ」

「じゃあついでにセツ子も降ろそうぜ」

「まだ生きとるわ」

人様の祖母を勝手に殺すだけでは飽き足らず、ついで扱いしやがった。確かにメインディッシュは凛だが、セツ子だって引けを取らない。凛がカレーなら、セツ子はトンカツだ。

俺は深谷の頭をべしっと叩く。それを見たドッペリンは、声をあげて笑っていた。

凛の自宅を出ると、時刻は十五時を過ぎていた。ここからは、時間との戦いでもある。

「じゃあ、私はホームセンターでおがらと平らなお皿を何枚か購入すればいいんですね！」

ドッペリンは任せてくださいと言わんばかりに控えめな胸をむんと張り、自転車で川端通を南に下っていった。

おがらを知らない深谷は「おからを買うなら豆腐屋じゃねえの？」と頓珍漢な発言をしていたが、おがらとは迎え火で利用される線香のようなものだ。豆腐屋をひっくり返しても出てこない。

「さて、俺たちは写真を現像して部屋一面に貼る作業だ。夕方までに仕上げるぞ」

「夕方っていうけどよ、具体的に何時よ」

「知らん。だが、セツ子が言う夕方はたぶん早い」

二十一時に就寝し、三時半に起きるのがセツ子イズムだ。本人は早寝早起きだと思っているだろうが、俺から言わせれば早起きではなくバグである。そんなセツ子が定義する夕方など、あてにはならない。

余裕を持って逆算すると、時間はかなり限られる。大量の写真を部屋に貼り、その後に柳高校の屋上に忍び込んで、大文字焼きを完成させねばならないのだ。

俺と深谷は、自転車で近くのコンビニに駆け込んだ。幸いにもプリンターに先客はいない。俺は不慣れな手付きで操作しながら、写真を次々に印刷していく。

手持ち無沙汰になった深谷が、神妙な面持ちで問いかけてきた。

「凛ちゃんとまた会えたら、どこ行くべ」

「そうだな、下鴨神社の古本市とか？」

「風情はあるが、炎天下だから本好きじゃねえと地獄だぞ」

「……じゃあ古本屋で漫画の立ち読みでもするか」

「感動の再会を果たした後に連れて行く場所じゃねえ」

こうして無駄話をしている間にも、写真はホカホカとできあがっていく。流石(さすが)に数百枚を一気にプリントするのは迷惑なので、数十枚に厳選しているが、それでも時間がかかるのだ。

出来上がった写真を一枚ずつチェックする。南禅寺や祇園祭の写真が大半だが、なんでもない日常のワンシーンも何枚か撮影している。これさえ見せれば、凛は幽霊になってからの記憶を半分以上は取り戻せるはずだ。

「よし、急ぐぞ」

俺たちはコンビニを飛び出し、一乗寺の自宅アパートへ向かう。自転車を漕いでいる間は風が気持ちいいのだが、信号で止まるたびに全身から汗が吹き出す。照りつける日差しにも辟易するが、文句を言っても仕方がない。

アパートに帰還し、扉を開くと不快な室温が出迎えてくれる。急いでクーラーを点けるが、ゆっくりと涼む暇はない。俺たちは現像した写真を取り出し、作業に移る。

しばらく無心でぺたぺたと写真を貼っていると、ドッペリンからメッセージが届いた。開くと「これで合ってますよね？」とおがらを手にし、ドヤ顔を決め込むドッペリンの自撮りが添付されていた。

「優秀だな。おからと間違えてた誰かとは大違いだ」

「うるせえ、手を動かせ手を」

深谷は不満そうに俺を睨みながら、壁にセロテープで写真を貼り付けていく。写真が目に入るたびに、凛との思い出が溢れる。もうすぐ会える高揚感と、失敗するのではないかという不安が混ざり合い、自分でも説明できないほど妙な気分に陥ってしまう。

凛に会えたら、何を話そうか。

「好きだって伝えたら、やっぱ迷惑かな？」

「……すまん墨染。お前とは、友達のままでいたい」

「お前にじゃねえよ」

そうこうしながら写真を貼り終えた頃には、十六時半を回っていた。写真まみれになった部屋を眺めつつ、帰ってきた凛が「動物園！」と騒がないように窓を開けておく。生ぬるい夏の風が、エアコンの風と混ざりあった。

部屋を出る前に、去年の送り火で使った蝋燭(ろうそく)の余りを全てかき集めてビニール袋に入れた。大きな鞄を持っていないので、深谷のリュックに詰め込もうとしたら、ものすごく嫌な顔をされた。

「なんでそんな顔すんの」

「いや、めちゃくちゃ重いし」

「前から思ってたんだけど、そのリュックには何が入ってるんだよ。教科書なんて学校に置いて帰るくせに。手ぶらでもいいだろう」

「おいおい、馬鹿言うな。色々入ってんだぜ、これ」

深谷は自慢げに中身を見せる。紐が絡まったけん玉や、小さなボードゲーム、用途不明のビニール紐、昔懐かしいドロップの缶など、統一感は皆無だ。まるで、十連ガチャで排出されたゴミの如きラインナップである。

俺はボードゲームやドロップの缶を取り出してスペースを作り、蝋燭が入ったビニール袋を突っ込んだ。

「おがらを買ったんなら、蝋燭はいらねえだろ！」

「手札は多いほうがいい、ダブル大文字だ」

「効力が強すぎて、凛ちゃん以外も降りてきたらどうするんだ！」

「お前の部屋があるだろうが。共に暮らせ！」

ぎゃあぎゃあと押し問答を繰り返し、なんとか納得させる。タイミング良くドッペリンからメッセージが飛び込んできたので、落ち合う場所を決めて、柳高校に向かうことにした。

部屋を出て一階に降りると、先程よりも空に薄雲がかかっている。とはいえ、まだ青空が見える天気である。京都の夏はどこまでも空が高い。

「やっぱり、退学になったら親は怒るだろうな」

自転車に跨りながら、深谷はぽつりと呟く。

「そうだな。うちの母ちゃんは怒るなんてもんじゃねえな。憤怒だ。たぶん俺の首を絞めるためだけに、高速バスに乗り込んで京都に襲来する」

そう言いながら俺は笑う。だが、本当にそれでいいのだろうか。

「なあ墨染。なんとか処分を回避できねえかな」

「……夏休みだし、教師の数は少ないと思う」

「じゃあ、上手くいけばバレずにやれるか？」

屋上の扉は、基本的に封鎖されている。鍵は職員室のキーボックスの中に吊り下げられているだろう。職員室に忍び込み、鍵だけを拝借し、気付かれないように元の場所に戻せばミッションは完遂される。

そんな芸当が可能だろうか。いや、果たしてそれが最善策なのだろうか。

作戦を立案したのは俺だが、何とも言えない不快感のようなものが胸に広がり、考えれば考えるほど間違っている気がした。

歩道の青信号が点滅して、赤に変わる。俺たちは自転車を止める。

スマホの時計を確認すると、時刻は十七時になっていた。

北大路通をしばらく進むと、待ち合わせ場所のコンビニが見えてくる。すでに駐車場にはドッペリンの姿があった。自転車のカゴには、大きな袋が突っ込まれている。

「待たせた、すまん」

俺は詫びを入れ、代金を手渡そうとする。だが、袋の中にあるおがらは、指定した量より遥かに多い。迎え火どころか、柳高校を焼き討ちにできるほどの物量である。

「足りないより、余るほうがいいかなと思いまして……」

真面目ガールが心配性を発揮したのだろう。予想外の出費だが、念を入れるに越したことはないし、別に高価な品物ではない。許容範囲内としよう。

「あと、こちらが平皿です」

そう言いながら、ホームセンターに併設された百均で購入したであろう平皿を差し出した。俺はそれを仰々しく受け取り、嫌がる深谷のリュックにむりやり詰め込んだ。

「さて、準備は全て整った。上手に焼こうぜ！」

俺の号令に二人は頷く。さきほどまで青かった空には、厚い雲が広がっていた。

柳高校に到着した俺たちは、自転車を駐輪場に止めてダッシュで校舎へ向かった。ただならぬ様子の俺たちを、ランニング中の野球部が何事かと凝視している。目立たぬよう、早歩きの速度に落とした。

「二人は先に屋上に向かってくれ」

「鍵は墨染が取ってきてくれるのか？」

「ああ、任せとけ」

「上手くやれよ」

俺は二人に軽く手を振り、職員室に向かう。屋上で焼くのが前提の作戦だ。失敗は許されない。

何度も深呼吸をして、昂ぶる気持ちを落ち着かせる。そうしていると、クリアになった思考が俺の作戦を否定した。

「これが……正しいわけないよな」

凛に喜んでもらうには、忍び込む方法では駄目だ。俺は深谷とドッペリンに伝えた作戦を一部変更することにした。

自問自答の末、答えに辿り着いた俺は職員室の扉を開く。

正直なところ、成功するか否かは五分五分だ。しかし、ここは絶対に成功を引き寄せねばならない。

「佐々木先生、折入ってご相談があります」

忍び込むのではなく、正攻法でいく。

きっと凛は、自分を現世に降ろした方法を聞いてくるだろう。そこで、俺が屋上に忍び込んだと伝えたとする。間違いなく凛は「私のためにそこまでしてくれたんですね」などと、喜ぶタイプではない。退学処分になったりしたら尚更だ。

後ろめたくなる手段より、笑い話で済むものにしたかった。

俺たちが勝手に馬鹿をやる理由を、凛に繋げるのは間違っている。

「おや。墨染君、夏休みにどうしたんですか」

佐々木先生は目を丸くしつつ迎えてくれた。眼鏡の奥にある、海のように深い双眸が俺を捉える。いつもと変わらぬ、柔和な笑顔だ。

俺は何気なくキーボックスの位置を確認する。佐々木先生の背後の壁に取り付けられている。盗人のように鍵を拝借しようものなら、佐々木先生とはいえ怒りをあらわにするだろう。

だから、真正面からぶつかることにした。

「はい。屋上の鍵を貸してほしいのです」

「……理由を聞いても？」

「どうしても会いたい女の子がいます。そのためには、屋上で火を使う必要があります。今日じゃなければいけません」

俺は真剣に訴える。

「今日ですか。はぁ、なるほど……今度は迎え火でも行うのですか？」

佐々木先生はゆっくりと立ち上がり、俺に近寄る。特徴でもある笑顔が影を潜めているからか、痩身ながら威圧感があった。表情を窺うも、何を考えているのか読み取れない。口内の渇きを感じつつも、俺はゆっくりと首を縦に振る。

「……はい。その通りです」

「それなら、許可できませんね」

「佐々木先生！」

俺は縋る。けれど、話は終わりだと言わんばかりに、佐々木先生が背中を向けてしまう。

「まず、校内で火気を使わせるわけにはいきません。保護監督者がいないのに、誰が責任を取るんですか。大体、迎え火は自宅で行うのが基本です。火が使えないなら軒先に提灯をぶら下げるだけでもいい」

どこまでも正しい言葉が、一つ一つ胸に突き刺さる。

間違っているのは、どう考えてもこちらなのだ。だが、凛を呼ぶためには普通の迎え火では駄目だ。絶対に、屋上で火を焚かなければならない。

「先生、話を――」

「まだ私の話は終わっていません。墨染君は、去年の文化祭で停学処分を受けましたよね。それで懲りたと思っていたのですが……」

ぴしゃりと遮られ、俺は言葉に詰まる。呼吸すら、ままならない威圧感。

正直に話せばわかってくれる。どこかでそう信じていたのだが、甘かった。

大人には大人の事情があるし、俺たちのようなクソガキを守らなければいけない。

それはそうだ、理解している。けれど、そうだとしても。

俺は絶対に、凛を諦められない。

「佐々木先生、これだけは譲れません」

俺は一歩前に出る。

「本当ならば、退学処分を覚悟の上、こっそり鍵を拝借しようと思ってました。ですが……それは俺のエゴでした。相手を思うなら、ちゃんと筋を通さなきゃいけないと気付きました」

佐々木先生が振り向く。状況など何もわからないだろうに、全てを理解したような瞳で俺を捉えた。

「それが、墨染君が選択した答えなのですね」

「はい。悩んで、悩み抜いて、選んだ答えです」

数秒間の沈黙が訪れる。噛み締めるように、佐々木先生が唇を開く。

「わかりました。が、やはり生徒だけで火気を扱うのは許可できません。私たちには、生徒を守る責任があるのです」

佐々木先生はそう言って、再び俺に背中を向けた。

「……佐々木先生」

ああ、これで終わりだ。そう思ったが、佐々木先生は予想外の動きを見せる。腰をかがめてキーボックスを開け、屋上の鍵を手に取った。

「へ……？」

再び振り向いた佐々木先生の表情には、いつもの柔和さが戻っている。

「なので、私の監督の下で行ってください。ただし、後で理由を説明してもらいますよ」

「……はい、ありがとうございます！」

俺は何度も頭を下げる。安堵のあまり、両目から涙が溢れそうになる。けれど、この涙は凛との再会に取っておきたかった。

たぶん、脱水症状に陥るくらい、泣くだろうから。

俺と佐々木先生が連れ立って登場したので、深谷は驚愕の表情を浮かべていたが、屋上の鍵を目にすると呆れたように笑った。

「バレずにやるんじゃなかったのかよ」

「そのつもりだったけど、気が変わった」

「まあ結果オーライだ。いや、オーライどころか最高だ」

深谷と俺が笑い合っていると、佐々木先生がドッペリンを見て「おや」と声を漏らした。

「白谷君じゃありませんか」

「は、はい！　えっと、初めまして！」

「……はい。初めまして。元気でよろしいですね」

佐々木先生は凛が自主退学を選んだ理由を知っているのだろう。初対面のふりをしながら、ドッペリンに優しく微笑んだ。優しい人だなと再認識していると、佐々木先生の顔はいつのまにかこちらを向いていた。

「ここ最近の墨染君は、見違えるほど成長してますね」

「そ、そうですか？」

「はい。以前なら、間違いなく勝手に鍵を盗んで屋上に忍び込んでいたでしょう。それも若者特有の思い切りの良さだと言えなくもないですが……いささか無鉄砲すぎです。もし、墨染君が勝手に屋上に忍び込んでいたら、確実に退学処分でしたね」

職員室でいつか交わした会話を思い出す。

「後悔しない選択をしろとは言いましたが、後先考えずに選んだ行動で後悔しては、元も子もありません」

佐々木先生はそう言いながら、扉を開く。

「その点、今回の墨染君は正しい選択をしましたね。悩んで、考えて、諦めずに必死に答えを導き出した結果です。あまり時間は取れませんが、思う存分はしゃいでください。迎え火だろうが、大輪の花を咲かせる打ち上げ花火だろうが、大人の力で揉み消してあげましょう」

振り返る佐々木先生は、優しげな目鼻立ちからは想像できないような、真っ黒な笑みを浮かべていた。

「さあ、どうぞ」

佐々木先生の誘導で屋上に出た俺たちを、生ぬるい風がべたりと撫でた。先程よりも湿度が高く、厚い雲が夏空を覆い隠している。そのせいで、辺りは一気に薄暗くなっていた。

「時間がない、急ぐぞ」

俺の合図と共に、深谷はリュックサックから平皿を取り出す。ドッペリンは器用な手付きでおがらを開封していく。こちらは任せていても大丈夫だろう。

俺は階段室の壁に沿うように積んである、土砂を含んだ麻袋を見やる。去年の文化祭で、俺と深谷がクラスメイトと協力して屋上に持ち運んだ土嚢(どのう)だ。大文字が浮かぶ如意ヶ嶽を再現するには、なくてはならない存在だ。

「やっぱり撤去してなかったんですね、これ」

俺が土嚢(どのう)を指差すと、佐々木先生は困ったような笑顔を作った。

「撤去するのも重労働ですし、教職員は誰もやりたがりませんよ。これくらいの量であれば、屋上にあっても困りませんしね」

これは予想通りだった。去年の送り火を再現するのであれば、小さな山をこしらえなければならない。俺は土嚢(どのう)を一つずつ運び、積み上げる。

「深谷、こっちを手伝ってくれ」

「あーあ……去年の悪夢が再来しちまうのか」

深谷は溜息を吐き、渋々といった様子で歩み寄ってくる。ぱんぱんに膨らんだ土嚢(どのう)はとてつもない重さで、雑に積み上げるだけでも重労働だ。俺たちは唸り声を漏らしながら、協力しあって山を築く。

「去年と同じように、隙間に蝋燭を挿し込むのか？」

「当然だ。ダブル大文字だからな」

「ったく、バイト代くらい払えよ」

「俺の満面の笑みで勘弁してくれ」

俺たちは無駄口を叩きつつ、土嚢を一つずつ積んでいく。佐々木先生は、大の字に並べた平皿におがらを乗せ、ライターで火を点ける段階に突入していた。

「深谷、これでラストだ！」

「オッケー」

「「……せーの！」」

俺と深谷は土嚢を押し上げて、山の一番上に鎮座させる。タイミングを窺っていたドッペリンが、土嚢の隙間に蝋燭をねじこませていく。

乱雑に積み上げた土嚢に大の字に蝋燭を立てるのは、かなり難易度が高い作業だ。しかし、ドッペリンはいとも容易くやってのけた。俺はグーサインを突き上げて、器用な真面目ガールを全力で讃えた。

「じゃあ、こちらも火を灯しますね」

いつの間にかすぐ後ろにいた佐々木先生が、蝋燭にライターで火を点けていく。隣を見ると、すでにおがらは全て燃え盛っており、天高く煙を昇らせていた。

「たぶんだが、間に合っただろ」

俺はそう言いながら、ぺたりと腰を下ろす。シリコンスチーマーのような蒸し暑さをほこる日に、肉体労働などやるものではない。

だが、作業はまだ終わりではない。俺はふうと息を吐いてから、気力を振り絞って立ち上がる。そして、懐のボディバッグに忍ばせていた写真を取り出す。ドッペリンから拝借した、俺のアパートの前で撮られた凛と鯉女の写真だ。

「迎える準備は整った。降りるなら降りてこい」

写真を迎え火のそばに置く。これで全ての工程は完了した。あとは、俺の部屋に現れるであろう凛を、迎えに行くだけだ。

「墨染、先に部屋に戻っとけ」

「……いいのか？」

「積もる話があるんだろ？　火の管理と始末は俺たちが請け負う。佐々木先生への説明も任せとけ」

深谷の言葉に、ドッペリンと佐々木先生も頷いた。

「恩に着る！」

親友に感謝して、後を任せることにした。俺は跳ねるように駆け出す。階段を一段飛ばしで下り、すぐに一階に辿り着く。その勢いのまま、全速力で走り抜ける。普段なら憚られる行為だが、今の校内には誰もいない。

駐輪場に辿り着き、自転車のキックスタンドを蹴り上げて跨がる。そのまま右足に力を入れ、ぐんと走り出す。

凛に会えたら、最初に何を話そうか。いや、特別な言葉を考える必要はない。ただ、おかえりと笑いかけてやればいい。

校門を抜け、事故を起こさないように、それでいて最高速のスピードで、ぐんぐんと走り抜ける。

目の前の信号が赤に変わる。もどかしい気持ちを抑えて、自転車のスピードを緩めた。その瞬間、体温がぐっと上昇する。汗の雫が玉となり、鼻の頭にぽつりと落ちる。そして、腕や首、地面にも水滴が落ちてくる。

違う、これは汗じゃない。そう気付いたと同時に、前方から轟音が迫ってきた。

「おい、嘘だろ」

空を見上げるのを待っていたように、大量の雨粒が降り注いだ。アスファルトが湿る匂いが、鼻にまとわりつく。予兆はあったが、タイミングが悪すぎる。散弾銃の如き勢いで襲いくる雨は、激しく地面を打ち鳴らす。

迎え火はどうなっているのか。もし火が消えてしまったら、凛も現れないのだろうか。引き返そうかと迷ったが、今から戻っても間に合わないだろう。

「……アイツを信じよう」

深谷は、火の管理を請け負うと宣言した。それならば俺は、凛を迎えにいくだけだ。

ようやく信号が青に変わる。自転車を加速させる。景色が流れる。雨脚は相変わらず強く、弾け飛ぶ水しぶきが霧となって視界を塞いだ。顔を手で何度も拭い、必死に前方の視界を確保する。

「凛に会うんだよ、邪魔すんな！」

改めて、俺は必死なんだと実感した。

再会を果たしたところで、凛が生き返るわけではない。恋が成就するわけでもない。

霊体の凛は、盆の終わりには消えるはずだ。

それでも、会いたかった。

「待ってろよ……」

最初の動機は、暇つぶしだった。なんとなく面白そうな予感がすると、軽いノリで協力すると決めた。その後に立てた大学生を使った作戦だって、遊び半分だった。だが、凛と過ごすにつれて俺の意識は変化していった。

生まれて初めて人を好きになった。凛が幽霊だろうが、記憶障害を抱えていようが、俺は凛が好きだ。凛のおかげで夢を持った。

そう感謝していると、突如、視界が反転する。俺は地面に投げ出され、肩と背中をしたたかに打ち付ける。手に残るのは、自転車を滑らせた感覚。急いで起き上がると、横たわる自転車がすぐそばにあった。後輪がカラカラと回り続けている。

どうやらマンホールの蓋で滑ったようだ。俺は自転車を起こし、すぐに跨がる。肩と背中に鈍い痛みが広がるが、気にしている暇などなかった。勢い良く右足に力を込める。しかし、力が上手く自転車に伝わらない。何かを削るような異音が雨音に紛れて響き渡る。

路肩に自転車を押し込んで確認すると、チェーンが外れていた。その上、フレームが歪んでタイヤと接触してしまっている。これでは走れない。

雨音はさらに激しくなる。水しぶきが俺の身体に容赦なく襲い掛かる。

「ざけんなよ、クソ！」

自転車を路肩に放置し、己の足でアパートを目指した。地面を蹴るたびに、右肩と背中に強い痛みが伝わる。呼吸は乱れ、肺の空気が何度も不規則に押し出される。

「凛を迎えに行くんだよ……」

水分をたっぷりと含んだ衣服が重い。濡れた身体は熱を失い、ひどく寒い。あちこちが痛いし、体力も限界だ。

それでも俺は、走らなければいけない。とうに限界は超えていたが、構わなかった。息苦しさを振り払うために、凛のことだけを考えた。

笑った顔、怒った顔、恥ずかしそうに目を伏せる顔。

その全てが、とても愛おしく思えた。会いたかった。ただ、会いたかった。

待ち合わせ場所の駐車場で、凛が最後に見せた表情を思い出す。絶望さえ忘れ、力なく笑い、儚く消えていく凛の姿は、二度と見たくなかった。

もう絶対に、全てを忘れたまま独りにさせない。今度こそ、笑って凛を送り出す。

雷鳴が轟き、空が光る。鈍色の雲が、のしかかってくる。

最後の気力を振り絞り、階段を駆け上がる。部屋の前に辿り着く。荒くなった呼吸を整えるように深く息を吸い、震える手で扉を開く。

半ば転がりながら部屋に入る。

鍵の音に反応してこちらを振り返り、涙を浮かべる凛の姿を思い浮かべたが、いつもと変わらぬ部屋だけが広がっていた。

凛は、どこにもいない。

「失敗……したのか……？」

薄暗い部屋を稲光が照らし、開け放した窓から吹き込む風で、カーテンが揺れる。貼り付けた写真の中で、俺と深谷が笑っていた。

そこに凛はいない。部屋を見渡しても、凛の姿はどこにもない。蒸し暑い夏の空気が、漂っているだけだった。

俺は力なく座り込む。迎え火が間に合わなかったのか、ゲリラ豪雨で火が消えてしまったのか。そもそも、俺の仮説が間違っていたのか。可能性はいくつも挙げられる。ただ一つ確かなのは、原因はどうであれ失敗したのだ。

「ああ、会いたかったな」

涙がとめどなく溢れる。凛のふにゃふにゃした笑顔が、頭から消えていく。俺はそれを必死に掻き集めようとしたけど、指先からこぼれ落ちていく。これが、正真正銘のラストチャンスだった。

「なんで、こうなるんだろうな」

凛とは、もう二度と会えないのだろう。

そう実感した瞬間、堰き止めていた感情が崩壊した。俺は声をあげて泣いた。

「もう一度だけで良かった。俺は、凛を笑って送り出せなかった。だから……今度は笑顔で別れを告げたかった。それだけで、それだけで良かったのに！」

床を殴る。指が痺れるような感覚を気にせず、何度も拳を叩きつけた。そして、また泣いた。無力だった。結局何もしてやれなかった。無様に足掻いただけで、全てが無駄だったのだ。

「そうだよな……そんなに上手くいくわけがねぇ」

そう自分に言い聞かせ、なんとか立ち上がる。ゆっくりと窓を閉める。部屋はすでに真っ暗で、作戦のタイムリミットを告げていた。俺はもう一度その場にへたり込み、顔を伏せたまま嗚咽を漏らした。

数十分経った頃には、涙は涸れていた。

俺はびしょ濡れのままベッドに寝転んで、ぼんやりと天井を眺めていた。

突如、スマホが振動する。深谷からのメッセージの通知で、画像が添付されている様子だ。

「深谷、ごめんな。俺たちは失敗したんだよ」

俺の声は、真っ暗な部屋にぽつりと響いた。

それにしても、このタイミングで何の写真を送ってきたのだろう。添付された画像を一枚ずつ拡大する。

一枚目は、屋上の階段室の写真だ。どうやら、ブルーシートでひさしを作っている様子だった。深谷と佐々木先生が支柱となった屋根の下には、土嚢の山がある。

二枚目の写真には、雨に晒されたであろう蝋燭が並んでいた。持参した蝋燭は、大文字を築いても大量に余る量だった。写真には、その大半が横たわっている。何度も何度も、雨に濡れないように挑戦してくれたのだろう。

「最後まで、足掻いてくれたんだな」

感謝の気持ちで、また涙が込み上げてくる。俺は必死に堪えながら、最後の写真を開いた。

そこには、土嚢に突き刺さった蝋燭の前で自撮りをする三人の写真が表示されている。ブルーシートの支柱を担う佐々木先生は、少し辛そうな表情を浮かべている。そんな苦労の甲斐もあり、雨避けとして機能したのだろう。大文字焼きが見事に完成している。

しかし、何やら様子がおかしい。

大の字の上部には、燃え盛るけん玉が刺さっている。これは深谷のリュックサックに入っていたものだろう。拡大しながら凝視していると、新しいメッセージが届いた。

『蝋燭(ろうそく)、全部使ったけど足りなかった。だからけん玉を代用して大文字を完成させた。火は今も灯り続けているぞ！』

雷鳴が轟(とどろ)く。さらにメッセージが届く。

『これで、凛ちゃんに会えただろ？』

稲光が部屋を照らす。その瞬間。

「凛……？」

部屋の中央に、見慣れたシルエットが浮かび上がる。俺は勢い良く飛び起き、転倒しながら部屋の電気を点けた。

そこには、部屋の写真を見渡す半透明の幽霊少女。

「凛、凛！」

俺の呼びかけに、凛が振りかえる。俺が一番見たかった、ふにゃふにゃした笑顔。

「なんだか……とても久しぶりな気がしますね。先輩」

凛の大きな瞳が、潤む。

「私、もう先輩方に会えないと思ってました。ぽっかりと心に穴が空いた気分でした。

正直、今でも何がなんだかわかっていません」

俺はゆっくりと、凛に歩み寄る。

「でも、とても会いたかったです」

「俺も会いたかった。本当に会いたかったぞ」

もう二度と見られないと思っていた笑顔が、目の前にある。たとえ触れられなくても、それで良かった。なぜ間に合ったのかはわからなかったが、そんなのはどうでも良かった。

「……おかえり、凛」

「ただいま帰りました。先輩！」

俺たちは、額を寄せ合うように笑い合う。窓を叩く雨音が、拍手のように鳴り響いていた。


しきりに涙を流し合い、ようやく落ち着きを取り戻した俺たちは、現状について話し合った。

凛は自身の死因を忘れていた。いまの凛に残っているのは、記憶障害に陥る前の記憶と、俺たちが貼った写真に紐付いた記憶だけなので、当然といえば当然だった。

「ドッペルゲンガーに、記憶障害ですか。確かに去年の夏以降の記憶は思い出せませんし、私がこのような身体になった理由だってわかりません。先輩方と、何かの目的のために行動していたのは、ぼんやりと思い出せるのですが……」

普通なら、にわかに信じ難い話だろう。だが、腑に落ちる点があるのか、凛は納得したような仕草をする。

「とりあえず、今から深谷と合流する。凛のドッペルゲンガーも一緒にいるから、そこで話し合おう」

ドッペリンは、白谷凛として人生を歩まねばならない。自殺願望がなくなったとはいえ、必要以上の重荷を背負うのは苦痛が大きい。凛とドッペリンの問題を解決するためには、二人でしっかりと話し合う必要がある。

「もちろん俺たちも付き合う。辛いとは思うが……」

「はい、構いませんよ。さっそく行きましょうか」

予想に反し、凛はあっさりと快諾した。できるだけサポートしてやるぞと意気込んでいたのだが、気持ちのいい二つ返事だ。戸惑う俺に、凛は顔を綻ばせる。

「本人と直接話をしなきゃ、どういう感情をぶつければいいかわからないじゃないですか」

ああ、そうか。死因を忘れている以上、ドッペリンへの恨みもないのか。

ドッペリンが純粋な悪意で凛の人生を奪ったのなら、凛は最初に出会った頃のような強い怨念を取り戻す可能性がある。

しかし、実際の経緯を理解したら、恨みのような強い感情は生まれないだろう。そうすれば、復讐劇は円満に解決する。

「……よし、決着をつけてお盆休みを満喫するぞ」

「どこか連れていってくれるんですか？」

「任せとけ。行きたいところがいっぱいある」

「それは、その、デートだと捉えていいんですよね」

「いいぞ。まずは古本屋で漫画を立ち読みをする」

「初手が最悪ですね」

そうそう、このツッコミだよと、謎の安心感を覚えて思わず破顔する。

凛は父親の全裸を目撃したような視線を、鋭く向けてきた。

待ち合わせ場所の鴨川デルタには、倫理観や知能を削りながら青春に興じる大学生の姿が見える。茄子と胡瓜を手にして踊っているので、降りてくる先祖の霊を半裸で迎え撃つ算段なのだろう。呪われても文句は言えない。

「大学生は馬鹿ですなあ」

「とか言いつつ、ちょっとうずうずしてますよね」

「してる。正直めちゃくちゃ混ざりたい」

「話が終わってからにしてくださいね」

呆れた声が夜風と混ざる。俺が舌を出しながら可愛く謝罪していると、賀茂大橋の方角から深谷の大きな声が轟いた。

「凛ちゃん、俺だぞー！　すぐそっちに向かうっ！」

四条河原町の明かりを背負うようにして、深谷とドッペリンが立っていた。賀茂大橋の街灯が逆光となり、表情はよくわからない。だが、声を聞く限りでは号泣している様子だった。

「……緊張してるか？」

「はい。少し。でも、墨染先輩がいるので大丈夫です」

凛は微笑み、俺の手を握るような仕草をした。俺も同じように、凛の手を握り返すふりをする。頼れるセコンドとして、今度こそ何があっても支えなければならない。

「凛、タオルを投げ入れるタイミングは任せとけ」

「私って今からボコボコにされるんですか？」

何が起きるんだろうと不安がる凛をよそに、深谷とドッペリンはゆっくりと近付いてきた。ドッペリンには凛の姿が見えていない様子で、辺りをきょろきょろと見回している。

「凛ちゃんだよな、本当に凛ちゃんだよな」

「そうですよ、深谷先輩。ご心配おかけしました」

「いいんだよ、いいんだよおおお」

新しい鴨川の主流と化すのではないかと、怖くなるほどの号泣であった。とはいえ、さきほどまでは俺たちもこれくらい泣いていた。

「……目の前にいるのが、私のドッペルゲンガーですね。その、本当に私ですね」

鏡の中から飛び出したかのような存在に、凛は若干たじろいでいる。俺は「敵意はないから安心して」と小声で囁いた。

「そこに、白谷さんがいるんですよね。どうすれば……私にも見えますか？」

対するドッペリンの瞳は、覚悟に満ちている。罪を背負い、白谷凛として生きていくために、全てを受け入れようとする覚悟だ。

しかし、どうすれば見えるのかと言われても非常に困る。集中すれば見えるというのは、たぶん馬鹿限定の方法だ。

「とりあえず、集中してみて」

ドッペリンは深谷の雑な指示に戸惑うものの、目を細めてむむむと唸った。可愛さは百点満点だが、凛を視認するには至らない様子だった。

「ドッペリンを馬鹿にするしかないかもな」

「頭を叩けば、馬鹿になるって聞いたことあるぞ」

俺と深谷が策を出し合っていると、ドッペリンは不安そうに眉を八の字にした。

「私って今からボコボコにされるんですか？」

奇しくもさきほどの凛と同じツッコミを繰り出したドッペリンが、小さな悲鳴をあげた。

「えっえっ、見えました、白谷さん……私がいます！」

俺は思わず笑ってしまう。一言一句違わないツッコミが引き金となり、凛と波長が合ったのだろうか。

そんな理由で、幽霊とドッペルゲンガーの最終決戦の火蓋が切って落とされたのか。

「なんでもありかよ」

馬鹿らしい、馬鹿らしすぎる。

しかし、馬鹿らしくはあるが、この夏の騒動の締めくくりとしてはなんだかちょうどいい気がした。殺伐とした空気や湿っぽさなど、吹き飛んでしまえばいい。

「はじめまして、私のドッペルゲンガー」

凛はにっこりと微笑む。その笑みにどんな意図が隠れているのか、読めなかった。

「あの、はじめまして……この度は、えっと、私のせいで白谷さんの命を奪ってしまい、その、本当に申し訳ありません」

加害者の立場であるドッペリンは、涙目になって何度も頭を下げる。見ているのが可哀想になるくらい狼狽している。

「記憶がないから、謝られてもわからないよ。だからさ……今日は、私も一緒に家に帰るね。そこでゆっくり話をしたいな。ノートを見ないとわかんないし、家族にも会いたいし」

いつもの敬語ではなく、砕けた口調だった。どこか恥ずかしそうに歯を見せる凛は、怒りの感情はなさそうだ。どちらかといえば、自分自身と会話する恥ずかしさに苦笑している様子だ。

「怒って、ないんですか……？」

「怒る理由がないからね」

「でも、経緯は全て知っているんですよね」

「うん。私は貴女に殺された。どういう経緯であれそれは揺るぎない事実だし、話を聞く限りでは、私は貴女を殺したいほど恨んでいた」

さきほどまで騒がしかった鴨川デルタは、空気を読んだかのように、しんと静まりかえっている。闇に向かって流れる川の音だけが、静寂を切り裂いていた。

「そうです、ドッペルゲンガーである私は……貴女を殺しました。事故だなんて言い訳にできません。私は、白谷さんの命を理不尽に奪って、のうのうと生きています。そんな私に殺意を抱くのは、当たり前です」

ドッペリンの瞳が大きく潤む。

身に覚えのない罪であろうが、受け入れなければならない。だが、ドッペリンはただの女の子で、白谷凛そのものだ。その罪は、とてつもない重荷となってドッペリンを苦しめている。

凛は考えるように夜空を見上げる。そしてふっと息を吐き、ドッペリンと向き合った。

「貴女がどれだけ悩んだのか、何を背負おうとしているのか。全部わかってるよ」

ドッペリンに歩み寄り、優しく微笑む。ノートを読み解いたドッペリンが、何度も苦悩したのは想像に難くない。凛の命を奪った罪を、これからの人生をかけて償うつもりだったのだろう。

「でもさ、そんな生き方をしてほしくない。もっと笑って、ここにある日々に感動してほしい。貴女には家族がいるし、たくさんの友達もいるし、馬鹿だけど頼れる先輩方だっている」

俺と深谷を交互に指さし、凛は悪戯っぽい笑顔を見せる。

「貴女はドッペルゲンガーで、人間ではないかもしれないけど、一人じゃない。辛い出来事もたくさんあるだろうけど、どんな苦難だって乗り越えられる。私には、全部わかるんだ」

凛の右手が、ドッペリンの頬に触れた気がした。

「だって、貴女は私だから」

それは、一人の少女として認める言葉。自分自身として、受け入れた証。

本来なら、その場所に立っているのは凛だ。凛は被害者であり、ドッペリンを断罪する理由がある。しかし、凛はドッペリンを許し、自分として生きてほしいと願った。自身の復讐劇を許すことで幕引きにしたのだ。

「ありがとう、ございます……」

ドッペリンは感謝の言葉を述べながら、その場に崩れ落ちる。

凛や俺たちに何度も頭を下げ、子供のように大声で泣いていた。

泣きじゃくるドッペリンを、姉のように見守る凛。奇妙な絵面だが、俺はもらい泣きしそうなほど、この結末を望んでいた。

凛は明確な殺意をもって俺の前に現れた。そんな真夏の復讐劇は、様々な困難にぶつかりながらも、最高のフィナーレを迎えたのだ。

「しばらくは二人にしてやろうぜ」

俺は深谷に促されるまま腰を下ろし、さらさらと流れる鴨川をぼけっと眺めた。賀茂大橋に等間隔に並ぶ電灯や、ひっきりなしに行き交う車のヘッドライトで、川面がきらきらと照り返っている。

「そういえば、佐々木先生にも説明したのか？」

「一応な。信じてるかは知らんが」

「懐（ふところ）が広い先生だよな」

「無茶に付き合って、若さを吸収してるんだとよ」

「じゃあ俺たちは老けていくのか」

「次に目覚めた時にはシワシワだ」

適当な会話を交わし、笑い合う。俺たちが「そのうちストローで直接吸いにくるかもしれんな」などと話を飛躍させていると、いつの間にか凛とドッペリンが目の前に立っていた。

「何を話してるんですか、混ぜてくださいよ」

「そうですよ、先輩方だけズルいです」

凛とドッペリンが同時に笑みをこぼす。思考回路が同じなので当たり前だが、一挙手一投足がいちいち似ている。

「神秘的な超常現象について語り合っていた」

「「なんですか、それ」」

二人は完璧に重なったツッコミで、お互いに微笑み合っている。本来ならば交わらない二人が打ち解け、凛のステレオが誕生したのだ。

「そっちの話はもう済んだのか？」

「はい。あとは家でゆっくり話をします」

「そっか。じゃあ二人の話し合いも済んだし……混ざるか」

「混ざる？　何によ」

「決まってんだろ」

俺は勢い良く立ち上がり、衣服を脱ぎ散らかす。それを見た深谷も何かを察したのか、すぐさま俺に続く。あれよあれよと裸体に近づいていく俺と深谷を見て、ドッペリンが小さな悲鳴をあげた。

「ち、ちょっと、何してるんですか！　ばっちい尻を見せないでください！」

ドッペリンが顔を真っ赤にして抗議するが、凛はまたかと言わんばかりの顔で「発作だと思って諦めましょう」と呟いた。

「ダブル凛も来いよ、愉快な盆踊りが始まるぜ」

「この時点で不愉快なんですけど」

「ここから尻上がりに愉快になるんだよ」

「その尻が不愉快なんですよ」

凛のステレオは、単純計算でツッコミの威力も二倍になる。俺と深谷は早くも瀕死のダメージを受けるが、なんとか立ち上がり、大学生の狂乱騒ぎに加わった。

「お、誰かと思えばいつかの少年たちじゃん」

「アルコールもないのに仕上がってんな」

「後ろにいるのは、かの美少女か」

「え、二人いない？」

「何言ってるんだ、一人しかいないだろう」

「いや待て、見えてきた。二人いる……童貞が妄想した双子か？」

集中すれば視認できる情報を共有していたおかげか、次々に凛を認識する大学生が増えていく。むさ苦しい男たちが、見目麗しい女子高生を凝視するのは犯罪めいた光景である。

「おう、久しぶりじゃん」

裸体の群れから、一人の大学生がこちらに歩み寄ってきた。一升瓶を大事そうに抱えた姿と、亡霊のような瞳に、どこか見覚えがあった。

「なんかよくわからんが、成功したんだな」

「はい、おかげさまで」

「盆だから、幽霊もいるのか」

「そうなりますね」

俺が肯定すると、大学生はくるりと振り返り、凛たちを舐め回すように眺める大学生の群れを、酒焼けした声で引きつけた。

「皆の者、ここにいる少女は幽霊だ。我々がゲリラ豪雨にも負けずに行った、決死の盆踊りが成功したようだ！」

歓声がうねりを上げ、鴨川デルタを包み込む。大学生たちは裸体をぶつけ合うようにして喜び合い、腰をくねくねと振り回す奇妙なダンスを踊り狂った。

俺たちの迎え火があってこそなのだが、もしかすると大学生たちの盆踊りも、幾分か効果があったのかもしれない。

ありえないことなど何もない夏だから、ありえそうな気がした。

「先輩。なんなんですか、これ」

「なんでもいいさ、楽しければ」

「え、えぇー」

「まごうことなき大団円だ」

「俺たちも踊ろうぜ、墨染」

深谷の言葉に頷き、大学生の群れに加わった。

頭上で手を叩き、何度も腰をくねらせる。時折奇声を交え、もう一度手を叩く。自分でも何をしているのかわからないが、楽しいのは間違いなかった。ふとドッペリンを見やると、俺たちから避難している。

「もう一人の私は完全に呆れてますよ。先に帰ろうかなって言ってました。私も、今日は自分の家で過ごすので、一緒に帰ります」

ゆらゆらと近寄ってきた凛が、俺に耳打ちをする。もう少しこの狂乱騒ぎを楽しみたかったが、凛たちを蔑ろにはできない。そろそろ切り上げようと、大学生に声をかける。

「すみません、先に帰りますね」

「なんだ、彼女とよろしくすんのか」

「てか、女子高生を紹介する話はどうなった」

「そうだそうだ。早く薔薇色に染めてくれよ」

「大体、彼女が可愛すぎるだろ。ふざけんなよ」

大学生は次々に踊りを止めて、冷静さを取り戻していく。そういえば、そんな約束をしてしまったなと冷や汗をかいていると、ドッペリンがおずおずと声を漏らした。

「えっ、その、彼女って何の話ですか？」

経緯を知らないドッペリンは、顔を真っ赤にして恥じらう。大正時代の乙女のような純情さに、大学生たちの歓声が飛び交った。

これはよくない流れだ。本能で危機を察した俺は、逃走の準備をする。だが、両肩はやけにゴツい大学生の手でしっかりと掴まれている。

「男なら、気持ちに応えてやらんとなあ」

「そうそう。俺たちのためにもな」

「キスしろ、キス」

「夏だぞ、押し倒せ。一線を越えろ！」

品性の欠片もない野次が飛び交う。ドッペリンもドッペリンで、まんざらでもなさそうに、上目遣いでちらちらと俺を見ている。予想外のお膳が立てられてしまい、冷や汗が吹き出る。

この場をどう収めようかと悩んでいると、先程よりも強い危機感が全身を支配した。これは以前、奈良公園で巨大な鹿に正面から突き飛ばされたときと同じ感覚だ。

「せーんぱい？」

妙に明るい凛の声が、逆に不安を加速させる。

「はい、なんでしょうか」

「告白するんですか、ドッペルゲンガーに」

「そうしないといけない流れなので……」

「へえ、流れで決めちゃうんですか」

「ちゃう、ちゃうんすよ」

「一発、ぶっ飛んどきましょうか」

俺が大好きなふにゃふにゃした笑み。それは、心から楽しんでいるときに出るものだ。つまり今の凛は怒ってはおらず、この状況を楽しんでいる。

黒い風が、俺の身体をふわりと持ち上げる。ああ、飛ばされるんだと諦めた刹那、身体が反転し、視界が夜空を捉える。

「嫉妬しちゃったので、これくらい許してくださいね」

内臓が圧迫されるような急加速。俺はくるくると回転しながら、鴨川に落水する。背中に広がる鈍い痛みと同時に、大学生たちの拍手喝采が聞こえた気がした。

鴨川の水深は浅い。夏になると、子供が水遊びを楽しむくらい安全な場所なのだ。さらさらと流れる川は、クッションの役割など担えない。

川底に背中を打ち付けた俺は、あやうく凛の仲間に加わるところだった。命からがら鴨川デルタから離脱したものの、俺はズタボロだ。髪の毛から水を滴らせ、パンツ一枚のまま惨めに歩いている。

「なんでこんな目に……」

隣で自転車に跨がる深谷はしっかりと服を着ており、俺だけが変態と化している。凛は「明日のお昼くらいに先輩の家に伺いますね」と言い残し、ドッペリンと仲良く帰宅した。俺を吹き飛ばして溜飲が下がったのだろう、えらくすっきりとした表情だった。

「明日は何すんの」

「決めてねえ。古本屋で漫画三昧は却下されたから」

「……本当に提案したのかよ」

深谷の呆れた声に、自転車のブレーキ音が続く。点滅していた青信号が、赤信号に切り替わる。二十二時を過ぎたとはいえ、いまは盆休み真っ只中だ。川端通は普段より人気が多く、俺は好奇の視線をいちいち向けられている。

「それよりだ、別れるまでに伝えたい言葉をまとめとけよ」

深谷の言葉が、胸にじわりと広がる。

迎え火で降りてきた凛は、送り火で天国へ帰ってしまう。五山の送り火が開催される八月十六日が、最後の別れとなる。

ノートを読み、写真を目にした凛は、真実のほとんどを知るのだろう。そんな中で、最後に何を望むのだろうか。

「まあ、いつも通りに接してやれよ。あと三日で終わるボーナスステージだからって、特別なことはしなくていいと思うぞ」

俺の表情で全てを察したのだろう。今欲しかった言葉を深谷は言い当てた。

「そっか、そうだよな」

「でも、告白くらいはしてあげたほうがいいかもな」

深谷の言葉に動揺し、俺は歩道に植えられた草木に突っ込んでしまった。

「やっぱり、したほうがいいのか」

頭に刺さった小枝を抜きながら、深谷の顔を見つめる。

「そりゃあ、凛ちゃんの立場を考えるとな」

「迷惑になったりしないかな」

「大丈夫だろ。というより、待ってると思うぜ。どうせお前は将来ドッペリンちゃんと付き合うんだから、人生最初の告白くらいは凛ちゃんに捧げてやれ」

そういうものなのだろうか。

「まあ、十中八九フラれるけどな」

「えっ、確定してんの」

「当たり前だ。そこで凛ちゃんが首を縦に振ったら、ドッペリンちゃんと付き合うのは浮気になるだろ。凛ちゃんは賢い子だから、そんな制約を現世に残す真似はしねえよ」

ほう、そういうものなのだろうか。

「よくわかんねえって顔してるな」

「恋愛だけはさっぱりだ」

「他は完璧みたいに言うんじゃねえよ」

深谷はそう吐き捨てると、手の動きだけで別れを告げてくる。俺が「ありがとうな」と呟くと、背中を向けたままもう一度手を挙げ、夜の住宅街へ消えていった。こもっていた熱気を逃がすように、一陣の夜風が吹き抜けた。

翌朝、俺のアパートに戻ってきた凛は満面の笑みを浮かべていた。あまりにもご機嫌なので「何を話したの」と聞いたが、秘密ですと答えるばかりだった。

まあ、表情から察するに、円満に解決したのだろう。

八月十六日。

あっという間に時が経ち、本日は五山の送り火が開催される日だ。

一番有名なのは如意ヶ嶽に浮かぶ大文字焼きだが、それ以外にも船や鳥居、妙法の文字や左大文字が別々の山に描かれる。点火される時間は午後八時と決まっているので、凛と過ごせるのはあと三時間あまり。

つまり、早急に想いを伝えなければならない。

凛はお気に入りの動画を視聴しており、いつもとなんら変わらないスタイルでくつろいでいる。俺が後頭部を凝視していると、凛が不意に振り向く。ばっちりと目が合ってしまい、若干の気まずさを覚える。

「すみません先輩、次の動画を再生してもらえませんか」

しかし、凛はさして気にしていない様子だ。再生機器をちょんちょんと指差し、続きを見せろとアピールしてくる。

「いいけど、時間的に全部は見れないぞ」

「あ、そっか、そうですよね。じゃあ、やめときます」

あっさりと諦めた凛は、テレビの前から俺の横へ移動してくる。何か話でもあるのかと思いきや、にこにこと口元を緩めるばかりで話す気配はない。

再び気まずさを覚えた俺は、脳の引き出しをひっくり返して話題を探す。

しかし、なぜだか話題が見つからない。普段なら適当に無駄話を繰り広げるのだが、告白を控えたプレッシャーが思考を鈍らせている。

うんうんと頭を捻るが、これ以上粘っても小粋なトークは不可能だろう。少々強引なタイミングではあるが、温めていた作戦を開始する。

「……凛。しりとりでもするか」

「暇で暇で仕方ないときに、仕方なくやるやつじゃないですか。今は遠慮しておきます」

拒否。そんな無駄な時間を過ごしたくないと言わんばかりに、凛は口を尖らせる。

俺は内心うなだれた。しりとりの流れで好きだと伝える完璧なプランが封じられてしまったのだ。

この三日間、凛にどう告白しようか考えていたのだが、何も浮かばなかった。深谷に相談しても「んなこと自分で考えろ」と一蹴された。

当たり前なのだが、ネットを漁(あさ)れども、幽霊に対する効果的な告白方法は見つからない。こうなると頼れるのは自分しかいないのだが、恋愛経験は皆無であり、何が正しいのかさえわからない。

悩んだ、熟考した。思考を研ぎ澄ますために、冷水で身を清めた。そうしてバターになるほど脳味噌を回転させ、やっと導き出した答えこそが、しりとりで告白する方法だった。

俺が縋(すが)る藁(わら)は、これ一本しか残されていない。どうにか誘導して「好きです」と伝えるチャンスを獲得するしかなかった。まずは、俺からしりとりの流れを作るしかなさそうだ。

「それより先輩、芸大に通うプランは立てたんですか」

「完璧」

「もう、ご両親に相談はしました？」

「タロット占いによると、まだ少し早いらしい」

「なんですかそれ。先輩、占いとかやってましたっけ」

「ケルト人……の親戚に叩き込まれた」

「何言ってるんですか」

「か、か、カリキュラムに則った占星術をだな」

「本当に何言ってるんですか」

俺がしりとりで返事していることは、まったく気がついていない様子だった。じっとりとした視線が向けられる。早く次の言葉を捻り出さねばならない。

「か、か、か、か……」

「回線落ちしてるんですか？」

凛は排水口に溜まった抜け毛を見るような顔で、後ずさりをする。これでは駄目だ。竹槍で戦闘機を墜落させるのに等しい難易度である。泣く泣く作戦を断念し、正攻法を用いる決断を下す。

しかし、凛は完全に引いている。どう考えても告白できるムードではない。砂糖菓子のような甘い空間を築かねば、告白には繋がらないだろう。

そのためには、この空気を一度払拭する必要がある。おふざけと本気の境界線をはっきりとさせる言葉は、これしかない。

「凛、お遊びはここまでだ」

「いきなりの魔王」

凛はいよいよ心配そうな表情で俺を覗き込んだ。

「先輩、さっきからどうしたんですか」

「いや、その」

「いつも変ですけど、今日は輪をかけて変です」

「……すまん」

「もしかして、最後だからって気を遣ってたりします？　いつも通りで大丈夫ですよ」

凛は俺の頭を撫でるような仕草をする。どうやら俺は完全に空回りしているらしい。

思考をリセットするために、目を瞑(つむ)って深く息を吸う。そして吐く。肺の空気が循環するたびに、凛との思い出が蘇る。

凛とはいつだって、自然体で接してきた。それならば告白だって、気の利いた特別な言葉ではなく、ありのままの想いをストレートに伝えればいい気がした。

「凛、あのさ。その……好きだって言ったら笑ったりする？」

目を開く。急加速する鼓動に小さな違和感を覚えながら、言葉を絞り出した。

「そんなの、言われなくたって知ってますよ」

「そうか、そうだよな。知って……え、知ってたのか？」

「先輩は思考が顔に出るタイプなので」

「もしかして、好意が滲み出てるのか」

「それはもう、でろでろと。鼻の下だって、地面につくくらい伸びてますから。でも……本当に嬉しいです」

凛は俺の前に着地して、ちょこんと正座をする。

「私も先輩が好きです。だから、こんなに幸せでいいのかなって、泣きたくなっちゃいます」

視線を横に逸らし、もじもじと口元を押さえる凛の頬は、真っ赤に染まっていた。

核爆弾のような破壊力に、俺の心臓は木っ端微塵に砕け散った。

「凛たん、尊い……好き……好きすぎる」

「もう。ここぞとばかりに連呼しないでください」

「なんでよ」

「恥ずかしいからです、禁止にします」

「もしかして、嫌だったりする？」

「嫌なわけないじゃないですか。すかぽんたん」

「すかぽんたん」

俺のオウム返しに、凛は吹き出した。そして満足気に頷いたあと、眉を少し下げながら、少しだけ俺に顔を近づける。

「告白してくれたのは嬉しいです。でも、その好意だけ、受け取っておきますね」

深谷が言った通りの返答だった。予想はしていたが、胸にちくりと棘が刺さる。

「……ありがとうな、返事してくれて」

「お礼を言うのは、私のほうですよ」

凛の整った顔がさらに近くなる。大きな紺碧の瞳に、間抜けな顔をした俺がうっすらと反射していた。

「幽霊である私に、好きだと言ってくれてありがとうございます。どう足掻いても私たちは結ばれない運命なので、好きだと伝えずに消えるって決めてました。でも、先輩が先に言ってくれたので……私も、思わず伝えちゃったじゃないですかぁ……」

涙声で呟く言葉。凛の唇は小刻みに震えている。

「……ごめんな」

「謝らないでくださいよ。私、この瞬間のために幽霊になったんだなって実感したくらい、幸せなんですから」

触れようとしても届かない、大好きな笑顔。伸ばした手は空を切るが、構わずに頬に添えた。

「俺だって、幸せだよ。凛を好きになって良かった。部屋に現れたのが、凛の幽霊で良かった」

「本当に幸せです。私は幽霊になって良かったです。先輩、大好きです。大好きです、先輩」

凛は涙を流しながらも、ふにゃふにゃした笑顔で飛び付いてきた。俺たちは抱きしめ合えないが、凛は何度も何度も腕を広げて笑っていた。

「先輩、目を瞑ってもらえませんか」

「え、なんで」

「なんでもです。途中で開けたらブチ殺しますよ」

そこまで過激な発言をされると、従うしかない。俺は言われるがままに目を瞑り、視界に帳を落とす。

「……もう、いいですよ」

数秒ほど経っただろうか。目を開けたが、広がる光景は先程となんら変わらない。

一体何をしたのかと凛を見ると、耳まで真っ赤にして、ぷるぷると震えていた。

「どうせ、先輩はドッペルゲンガーの私と付き合っちゃいます。私にそれを止める権利はありませんが、その、これくらいの抜け駆けは……許されますよね」

何をされたのか定かではないが、なんとなく察しがつく。途端に恥ずかしくなり、心臓が暴れだした。

「なあ、凛。もしかして俺にキ――」

「それ以上言ったらブチ殺します」

「えっ」

鋭い視線と、有無を言わさない圧力を向けられる。

こうして、両思いの初恋は終わりを迎えたのだった。

一乗寺の町が夕闇に包まれ、真っ赤な空を侵食するように夜が落ちている。それは、今日という一日が、終わりに向かう合図でもある。今日に限らず、楽しい思い出も、愛すべき人と過ごす時間も、例外なく終わりはやってくる。

俺と凛はアパートの屋上に陣取り、送り火が始まるまで待機していた。深谷とドッペリンも来るはずなのだが、まだ姿は見えない。

「先輩。アパートの下、すごい人だかりですね」

凛が鉄柵から身を乗り出すようにはしゃぐ。五山の送り火は十万人近くの人々が訪れ、出町柳周辺はえらく混雑する。そんな様子を尻目に、アパートの屋上で優雅に見物できるのは、この辺りに住む人々の特権であった。

「暗くなってきましたね」

凛の呟きに同意したかったが、終わりを予感したせいで舌が回らなかった。そのまま何も言えずにいると、やがて屋上の扉が軋む音が鳴り響いた。

「相変わらず穴場だな」

「すごい、特等席じゃないですか！」

ビニール袋を手にした深谷と、興奮気味のドッペリンが駆け寄ってくる。さきほどまで静かだった屋上は、一気に騒がしくなった。

「さて、盛大に送り出してやろうぜ」

深谷が笑いながら、ビニール袋の中身を床にぶちまける。スナック菓子の箱や炭酸飲料などが、ごろごろと転がった。

「墨染、乾杯の音頭を頼む」

「……よっしゃ、任せとけ」

促され、立ち上がる。そうだ、湿っぽい空気など不要なのだ。

俺たちは炭酸飲料のペットボトルを手に取り、輪を作る。凛も、深谷も、ドッペリンも、俺の言葉を待っていた。

いいだろう、本当の音頭を見せてやろうではないか。

「さあさあ、今宵集まったのは他でもな――」

「『かんぱーい！』」

「おいコラふざけんなよ」

俺の口上を遮るように、深谷とドッペリンが高らかに声を上げる。どうせ、ここに来る前に打ち合わせでもしていたのだろう。出オチ要員に使われたのは癪だが、凛が楽しそうに目を細めていたので良しとしよう。

しばらく談笑していると、凛が勢いよく手を挙げる。あまりにも突然だったので面食らったが、どうやら何かを伝えたい様子だった。俺はどうしたと声をかけ、続きを促した。

「私、幽霊になって良かったことがあるんです」

凛はそう言いながら、手を伸ばしても触れられない距離までふわりと浮かび上がる。

その瞬間、とてつもない寂しさに襲われてしまった。

「良かったこと？」

頭に浮かんだ感情を振り払うように、問いかける。

「先輩方と、会えました」

凛がそう微笑むと、如意ヶ嶽の大文字に火が灯り、町中からどよめきのような歓声が上がる。漆黒の闇に浮かぶ五山の送り火は、天国に帰る霊たちの道標だ。

つまり、現世とあの世を切り離す境界線でもある。京都をくるりと囲む五つの火を、凛も辿（たど）っていくのだろう。

如意ヶ嶽に浮かぶ炎は、どこか切なくて、とても美しかった。

「送り火、綺麗ですね」

「そうだな」

紺碧（こんぺき）の瞳は炎を反射して、大きく揺らぐ。頬を伝った雫を、凛は隠すように瞼を擦る。

「……先輩方と、いろんなお話をして、いろんな場所に行って。本当に楽しかったです。何もかもが新鮮な体験でした。こうして仲良くなれたのは、私がドッペルゲンガーに殺されて、先輩を頼ったからです。この復讐劇がなければ、きっとお話しする機会はありませんでした」

夏の熱気とは異なる温もりを帯びた風が、屋上にふわりと吹き抜ける。凛の身体は、少しずつ色素を失っていた。

「あと、その、男の人を初めて好きになりましたし」

全身が薄くなってもなお、耳まで染まっているのが見て取れるほどの赤面。俺が思わず吹き出すと、凛は頬をぷくりと膨らませた後に、咳払いをする。

「だから私、幽霊になって良かったたって断言できます。もう会えなくなるのは、ほんの少し、辛いですが」

ほんの少し、なわけがない。

このさよならは、また明日ねと笑い合えるさよならではない。次にいつ会えるかなんてわからないし、もしかすると一生会えないかもしれない。どちらにせよ、とても長くて、気が遠くなるほどの別れだ。

「深谷先輩。最初から最後までありがとうございました。初対面で屁を放たれたときは、なんて人だろうと呆れましたが……終わってみればまあ、信じてよかったです」

凛の瞳が深谷を捉える。これが各々に向けた最後の言葉になるのだろう。

深谷は泣き笑いのような表情を浮かべていた。

「凛ちゃん。俺のほうこそありがとうな。凛ちゃんと出会えたお陰で、最高に楽しい夏になった。絶対に忘れない。凛ちゃんがいた夏を、ずっと覚えてるから」

凛は「ありがとうございます」と微笑んでから、俺と向き合った。

「なんて顔してるんですか、先輩。最後くらい、笑って送り出してくださいよ」

そう茶化してくる凛だって、涙を堪えてひどい有様だ。いや、凛だけじゃなく、この場にいる誰もが同じような表情をしていた。

「墨染先輩とは、本当に様々な思い出を共有させてもらいました。どこを切り取っても、幸せでいっぱいです。墨染先輩の優しさに、私は救われました」

凛の身体の向こう側で、大文字が燃え盛る。今度は俺が、想いを伝える番だった。

「俺だって、凛に救われた。ただ日々が楽しければいいと思っていたけど、夢を持てた。目標が決まった。そして、その、俺も初めて人を好きになった」

まあフラれたけどと付け加えると、凛はむりやり悪い顔を作って不敵に笑った。何もかも本心じゃないのは理解しているが、指摘するほど野暮ではない。

「先輩は私の夢を継いでくれるらしいので、とっても期待してます。中途半端に諦めたら、呪いに行きますからね」

なんとも恐ろしい言葉だ。凛は悪戯(いたずら)っ子のように口角を上げたまま、ドッペリンと向き合った。

二人が何を想い、どんな会話を交わしたのかは知らない。

「さよなら私のドッペルゲンガー」

だが、二人にはその一言だけでいいのだろう。

どこか優しい声。ドッペルゲンガーとして、白谷凛として生きるのを認めたような表情が、全てを物語っていた。

「さて。そろそろ時間ですね」

凛はくるりと回転し、闇に染まった空を指差す。帰り道を確認しているのだと、鈍くなった思考で理解した。

もうすぐ、凛はいなくなる。何も心配しなくていいと、伝えたかった。笑って送り出したかった。

それでもやはり、感情が邪魔をする。声を絞り出せない。凛と過ごした僅かな時間が、大きな記憶の波となって押し寄せる。

ふと、俺の両肩に手を乗せられた。

「最後は笑って送り出すんだろ？」

「慰めてあげますので、もう少し頑張ってください」

深谷とドッペリンの言葉も、強がりでしかない。二人の表情だって崩れきっている。震えている。そんな俺たちを見て、凛は涙を拭いながら「仕方ないなあ」と呟いた。

「私の旅路には、なんの心配もいりませんよ」

そう言いながら、俺が大好きなふにゃふにゃした笑顔を見せた。

「なんとかなります、だって夏だし」

初めて会った日に凛に言った、なんの根拠もない言葉。吹けば飛んでいきそうな、頼りがいのない言葉。

そのはずなのに、胸にじんわりと浸透していく。なんとかなるんだと、前向きになれてしまう。

「ああ、そっか。そうだな。こっちは万事任せとけ。なんとか上手いことやってやる。だから、心配するな」

具体性の欠片もない発言に、我ながら呆れてしまった。それと同時に、俺らしいなと誇らしくもあった。凛は口元に手をやり、おかしそうに震えている。

「本当に、先輩らしいです。じゃあ……私は、少しだけ先に行きますね。ありがとうございました」

凛の身体が眩い光に包まれる。

「凛ちゃん、ありがとうな」

「白谷さん。本当に、ありがとうございました」

凛の口元が動く。

「墨染先輩――」

凛の最後の言葉は、届かなかった。

けれど、何を伝えたかったのかは、はっきりと理解できた。その言葉の返答は、決まっている。

「俺もだよ、凛」

俺が微笑むのと同時に、凛の身体は光の粒と化して空に溶ける。夏の空気と混ざりあった凛は、跡形も残さずに俺たちの前から姿を消した。

「……深谷。俺、ちゃんと笑って送り出せたよな」

「及第点ってとこだな」

深谷の手厳しい評価に、俺は肩を落とした。だが、表情はどうであれ、心は晴れやかだった。喪失感はしばらく拭えないだろうが、笑って生きていける。

凛の意思を継いで、しっかりと前を向いて歩けると確信していた。

「色々と世話になったな、深谷」

「気にすんなよ、相棒」

俺たち三人は送り火が消えるまで、凛が辿ったであろう夜空をずっと眺めていた。

エピローグ

凛の幽霊が現れてから、三年の月日が流れた。

俺は血が滲むような努力の甲斐もあり、目標としていた芸術大学の写真科に進学している。しかし、大器晩成の言葉が示すとおり、俺の大きな器は少しだけ成長するのが遅かったらしい。

要するに、一年間の浪人生活を経ている。

現役合格なんて余裕だと豪語したので、実家の母ちゃんは鬼神の如く怒り狂った。俺の首を絞めるためだけに、高速バスに乗り込んで京都の町に襲来したほどだ。

母ちゃんが淡々とした文体で『いま、瀬戸大橋を渡っています』などと逐一報告してくる恐怖は、今でも鮮明に思い出せる。やけに長距離移動でやってくるメリーさんのように、少しずつ自宅に近付いてくる様子は、現代怪談として語り継がれてもおかしくない。

当時は死すらも覚悟したし、実際に死にかけたのだが、そんな玄関先での殺人未遂も今となっては笑い話。無事に命拾いをして、二十歳の大学一年生となった俺は、馴染みの喫茶店でアルバイトを始めた。

きっかけはマスターの一言だ。

その日は、深谷とささやかな合格祝いを開いていた記憶がある。深谷は一足先に大学生になっており、青春の日々を謳歌していた。片や俺は一年間の浪人を経ているので、彼我の幸福度には著しい差がついていた。

失われた一年間を取り戻すべく、俺のテンションは無駄に上がっていた。深谷と会うのも久々だったので、冷静な判断能力など一欠片（かけら）もなかった。そんな折に、マスターが勧誘してきたのだ。

『春から芸大生か。うちでバイトするか？』

多大な出費が予想される大学生活を見据えると、仕送り以外の金策を確保するのは必須である。俺は少し悩んでから承諾したが、それがいけなかった。

とにかく暇なのだ。客が来ないし、マスターは頻繁に店を空ける。そうなると、喫茶店には俺一人がぽつんと残される。店内は薄暗く、世間と隔離された錯覚に陥る。珈琲の香りが漂っている以外は、独房となんら変わらない。

今思えば、店番にちょうどいい人材として、馴染みの馬鹿に白羽の矢を立てたのだ限りがあるからだ。

ろう。学友からは「暇なほうがいいじゃん」と羨望の眼差しを向けられるのだが、家で暇を持て余すのとは事情が異なる。あくまでもバイト中であり、時間の潰し方には限りがあるからだ。

俺は溜息を吐き、がらんとした店内を見渡す。今日も今日とて、閑古鳥が鳴いている。いや、絶叫だ、絶叫している。お腹を押すと絶叫する、間抜けな顔の鳥の玩具のように。

数時間前に磨いたグラスを再び磨き終えると、いよいよ仕事がなくなってしまう。仕方がないのでカウンター席に座り、家から持ってきた廃墟の写真集をぺらぺらと眺める。

この写真集は何度も読み込んでいる。目新しさなどは存在しない。集中力が散漫になる。午後の睡魔も手伝って、俺の意識が廃墟へと吸い込まれそうになった瞬間、入口のベルがちりんと鳴る。はっと目が覚める。

「郁人さん、また給料泥棒してるんですか」

「……おい、人聞きが悪いぞ」

来店したのは凛。言うまでもなく、本来の凛ではなくドッペリンだ。凛が消えたあと、俺と深谷は自然とドッペリンの呼び名を封印した。凛が自分の人生をドッペルゲンガーに託した以上、ドッペリンの呼び名は不適切だと結論づけたからである。

「今日もアイス珈琲でいいよな」

「有無を言わさないですね。いいですけど」

マスターが事前にこしらえていた珈琲を、氷が入ったグラスに注ぐ。凛は甘めが好きなので、ミルクとシロップは多めだ。

「郁人さん、課題の目処はつきましたか？」

「ポートフォリオだろ。苦手なんだよな、まとめるの」

カウンター席に座った凛が「どうにもならなかったら、お手伝いしますよ」と無邪気にはしゃぐ。薄く化粧を施した凛の笑顔は、以前と比べて可愛さの威力が増している。

「流石、頼りになるな」

「郁人さんは先輩であり、私の同級生ですからね」

憎らしい顔を作った凛がふんぞり返る。俺は思わず「うるせぇ」と悪態をついてしまう。

認めたくはないが、一年間の浪人を経た俺は、凛と同級生になってしまった。そのうえ通う大学まで同じとなれば、こうして定期的にいじられるのも無理はない。

凛は今でも、写真で見たものしか記憶できない。どうやら完全に記憶できるのは風景や人物に限定されるようで、書き写したノートや参考書等は、写真に収めてもあまり覚えられないらしい。それでも難なく現役合格を決めるあたり、俺のポンコツおツムとはモノが違うのだろう。

「ところで、今日は何時に合流するんでしたっけ」

「十八時に店を閉めるから、そこから合流」

「……深谷先輩も一人で大変ですねえ」

「俺たちの課題も兼ねているからな。頭が上がらん」

凛は肩まで伸びた栗色の毛先をくるくると指で遊ばせながら、俺が差し出したアイス珈琲に口をつける。氷と氷がぶつかり合う小気味よい音が、店内にからんと鳴り響いた。

店を閉め、待ち合わせ場所である出町柳の駅前に向かうと、深谷はすでに到着していた。花壇に腰を下ろし、気怠(けだる)げにスマホを操作する姿は、大きな裏取引に失敗したインテリヤクザのようだった。

「お疲れ様。大変だったろ」

俺がニヤニヤしながら声をかけると、深谷は開口一番にバイト代を要求してくる。

確かに、金銭が発生して然るべき労働だが、あいにく今の俺は素寒貧であり、モヤシとうどんと珈琲で生命を繋ぐ生命体なのだ。

「すまんな。金は出せん。俺の笑顔で許せ」

「自己評価が高すぎる」

「手伝えなくて悪かったな」

「……別にいいけどよ。それより、なんだあれ。去年と比べてパワーアップしすぎじゃねえか？」

深谷の指摘通り、去年よりもさらにリアリティを追求した。本来の目的だけでなく、大学の課題にも使えると睨んだ俺と凛が、関係者各位に無理を言ってお願いしたのだ。

「よく許可が降りたな」

「俺のコネをなめるでない」

「ほとんど私が交渉しましたけどね」

凛の視線が鉄槍と化して突き刺さる。胸を押さえて呻いたが、あっさりと無視された。

「それより深谷先輩。本当にありがとうございます」

「凛ちゃんの笑顔のためなら構わんよ」

おかしい、えらく対応が違う。

「男女差別、男女差別だ。時代の敵め」

「差別じゃねえよ。そもそもカテゴリが違う。ウンコと宝石は比較対象にもならんだろ」

深谷はムラの目立つシルバーアッシュの髪をぽりぽりと掻きながら、当然のようにそう答えた。これは聞き捨てならない。俺は憤りながら、凛の肩に手を置く。

「凛、聞いたか！　こいつ……凛の笑顔を排泄物と同列に並べたぞ？」

「どう考えても、お尻から出るのは郁人さんの笑顔です」

凛の肘が、容赦なく俺の脇腹に突き刺さる。三年間で築き上げた、信頼の賜物(たまもの)である。

「さ、馬鹿は放置して早くアパートに行きましょうよ」

「だな。ここで無駄話してる時間がもったいない」

凛と深谷がすいすいと話を進めていく。なんだか蚊帳(かや)の外に放り投げられた気分になるが、目的地のアパートとは俺の自宅だ。

俺の自宅は、高校の頃から変わっていない。変化と言えば、凛の私物が部屋の一角を占領している点と、凛の定期的な清掃により動物園の臭いがしなくなった点だろう。

「じゃ、俺は原付だから先に行くわ」

深谷はそう言い残すと、黄緑色の可愛らしい原付バイクに跨(また)がり、南の方向へ姿を消した。物は可愛いのだが、搭乗者の雰囲気とまったく合っていない。

「いいなあ原付バイク。私も乗りたいです」

エンジン音が夏空に溶けていくタイミングで、凛がぽつりと呟く。

「凛は怪我しそうだから駄目。まだ早い」

「えー、けちんぼ」

不満げな表情でじとりと睨まれる。膨らんだ頬を人差し指で押してやると、呆れたような笑い声を漏らした。それが可愛かったので連続で押してみると「しつこいです」と一蹴される。いつものやり取りである。

「郁人さん。私たちも早くアパートへ帰りますよ」

凛が黄色のピストバイクに跨（またが）り、ゆっくりと進む。俺もママチャリで凛に続く。真夏の生ぬるい風で、羽織ったシャツの背中がこんもりと膨らむ。十八時とはいえ日光が照っており、木立がアスファルトに長い影を落としている。

こうして自転車を走らせていると、どうしても三年前を思い出す。幽霊となった凛にもう一度会うため、がむしゃらに駆け抜けたあの夏を。

ぼんやりと脳内の記憶を漁（あさ）っていると、三年前に陥ったある勘違いに帰結してしまい、思わず苦笑いを浮かべる。

あのときの衝撃はすさまじかった。幽霊の凛を見送った後に、深谷がぽつりと呟いた言葉。

『なあ、お盆ってさ、来年もあるよな』

そりゃそうだ。来年どころか、俺たちが死んでも続いていくのだ。聞いた瞬間に、各々が口をぽかんと開けてしまったほど当たり前の事実。

「それにしても、一年って早いですよねえ」

並走する凛が、しみじみと呟く。

「だな。あっという間にオッサンになるんだろうな」

「郁人さんって童顔だけど、一気に老けそうですしね」

謎の分析だが、おそらく馬鹿にされている。俺は年上としての威厳を保つために、歯茎を剥き出して凛を威嚇(いかく)した。

そのタイミングで、歩道をとことこ歩いていた小学生と目が合ってしまう。一瞬の間を置いて、小さな悲鳴が上がる。彼には悪いが、ひと夏の思い出だと割り切ってもらうしかない。俺は引き続き威嚇(いかく)するが、凛はすでに俺を見てすらいなかった。

「凛たん待って」

「待ちませんよ。もうそろそろ時間でしょうし」

「……そうだな、早く帰らないとな」

凛の発言に、思わず浮足立ってしまう。俺は並走していた凛を追い越すように、ペダルを踏む足に力を込めた。視界の横で並木道が滑っていく。川端通を包み込むような蝉の声を突き破る。

住宅街に入ると、すぐに茶色のアパートが見えてくる。鉄筋構造ではあるが、妙に古臭い雰囲気を醸し出す我が城だ。

併設された駐輪場に自転車を止める。原付バイクに腰掛ける深谷が、俺たちの姿を認めた瞬間に笑顔で手を振ってきた。待ち切れないといった様子だ。

「郁人さん、だらしない顔しないでくださいよ」

「俺っていまどんな顔してたの」

「麻酔が中途半端に効いてるライオンみたいでした」

「弛緩しきってるな」

「凛ちゃんも大概緩んでるけどな」

「そりゃそうですよ。楽しみにしてましたから」

俺たちは顔を見合わせて笑い合う。

「俺も楽しみだ。なんせ、一年ぶりだからな」

階段を駆け上がり玄関の扉を開くと、クーラーの冷気が隙間から漏れ出す。快適な温度に保たれた部屋と、壁に貼り付けられた大量の写真。

「皆さん、元気そうで何よりです」

扉の音に反応した幽霊少女が、ゆっくりと振り返る。肩の上で切り揃えられたボブカットが、スカートの裾のようにふわりと広がった。

半透明の凛の表情は、少しあどけない。それでいて、三年前の夏と何一つ変わらない。

「久しぶりだな、凛」

目頭が熱くなる。昔の俺は人前で泣きたくないと断言していたのに、いつの間にやら涙脆くなってしまったようだ。手の甲で目尻を擦ってから、一年ぶりに再会した初恋の相手に声をかける。

「墨染先輩も深谷先輩も、髪色がまた変わってますね」

「大学生なんて、日替わりで色が変わるからな」

「また適当なことばかり言ってる」

挨拶もそこそこに他愛のない会話を続ける。一年ぶりではなく、昨日の続きのように。

「相変わらずですね、先輩方は」

「ところが凛ちゃん。今年の俺は車を運転できるぞ」

深谷がそう言いながら、運転免許証を自慢気に取り出した。凛は覗き込むように確認し、感慨深そうな表情で何度も頷く。

凛はこうして、会うたびに成長する俺たちを見て心の底から喜んでくれる。一番年下のはずなのに、みんなのお母さんみたいなポジションになっていた。

「じゃあ、夜のドライブもできちゃいますね」

「今から将軍塚の夜景でも攻めるか？」

「おい。俺は大文字焼きを単独で遂行した後だぞ」

「大丈夫。エナジードリンクがあれば深谷は無敵だろ」

「俺に死ねって言ってんのか？」

「んなわけないだろ。死んだら誰が運転するんだよ」

「血も涙もないのかお前は」

ぎゃあぎゃあと言い争っていると、凛が勢いよく吹き出した。愉快そうに腹を抱えるその姿で、俺たちの毒気はたちまち霧散していく。

「ちっとも成長してないじゃないですか」

「俺たちはこれくらいでいいんだよ」

「なんですか、それ」

凛は困ったような笑顔を見せた。

「そういえば、墨染先輩は合格できたんですか」

「凛たん、なんで俺だけに聞くの」

「私は合格できるに決まってるじゃないですか」

幽霊の凛がそう言い放つと、ドッペルゲンガーの凛がむんと胸を張った。息の合った連携プレーである。

「……無事に合格したよ、俺も凛と同じ芸大生だ」

「おお、やりましたね！　おめでとうございます！」

「それより呼び名がややこしい。ドッペリン復活な」

俺の宣言に、ドッペリンが異議を唱える。

「そろそろ他の呼び名をくださいよ。薬みたいで嫌です」

「いいじゃんドッペリン。薬みたいで」

「それが嫌だって話をしてるんですよ、すかぽんたん」

不毛な争いに、再び火が放たれる。理路整然としたドッペリンの反論に、詭弁とノリだけで対抗する俺を見て、凛は小さな溜息を漏らした。

「相変わらず、馬鹿な人ですね」

何年経っても、俺は馬鹿らしい。

しかし、悪い気はしない。俺や深谷が馬鹿だったからこそ救えた魂があると、今なら断言できる。

この世には、八百万の神々のもとに様々な縁が存在する。馬鹿と幽霊とドッペルゲンガーが、どのような奇怪な縁で結ばれたのかは知る由もないが、それはまあ、どうでもいい。

「今年も楽しもうぜ、相棒」

俺の呼び掛けに、凛が笑顔で応える。

凛とはすぐにさよならを交わす。それでも、一年後にはまた会える。何歳になろうと、幽霊になろうと、これからもずっと笑い合える。

俺たちの夏は、さよならを繰り返して続くのだから。

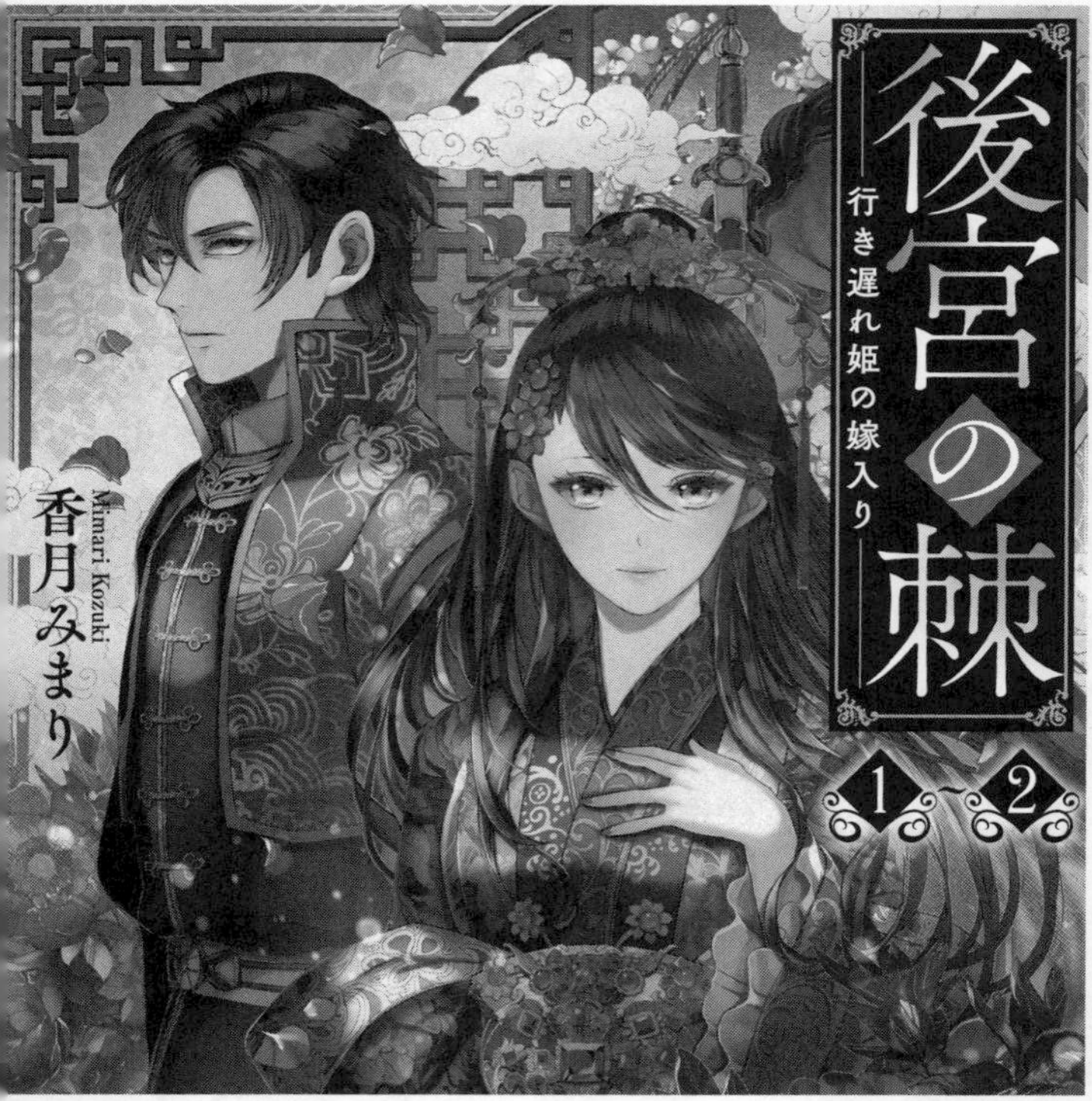

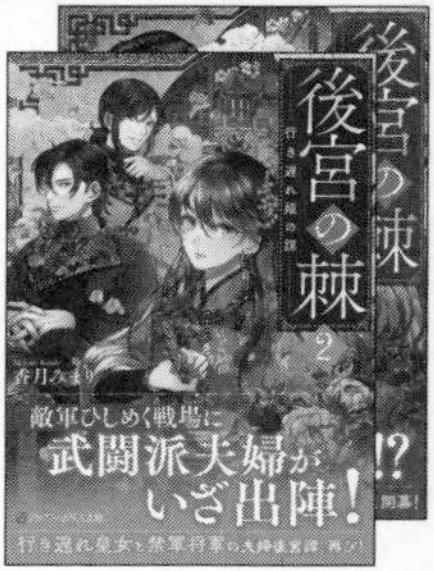

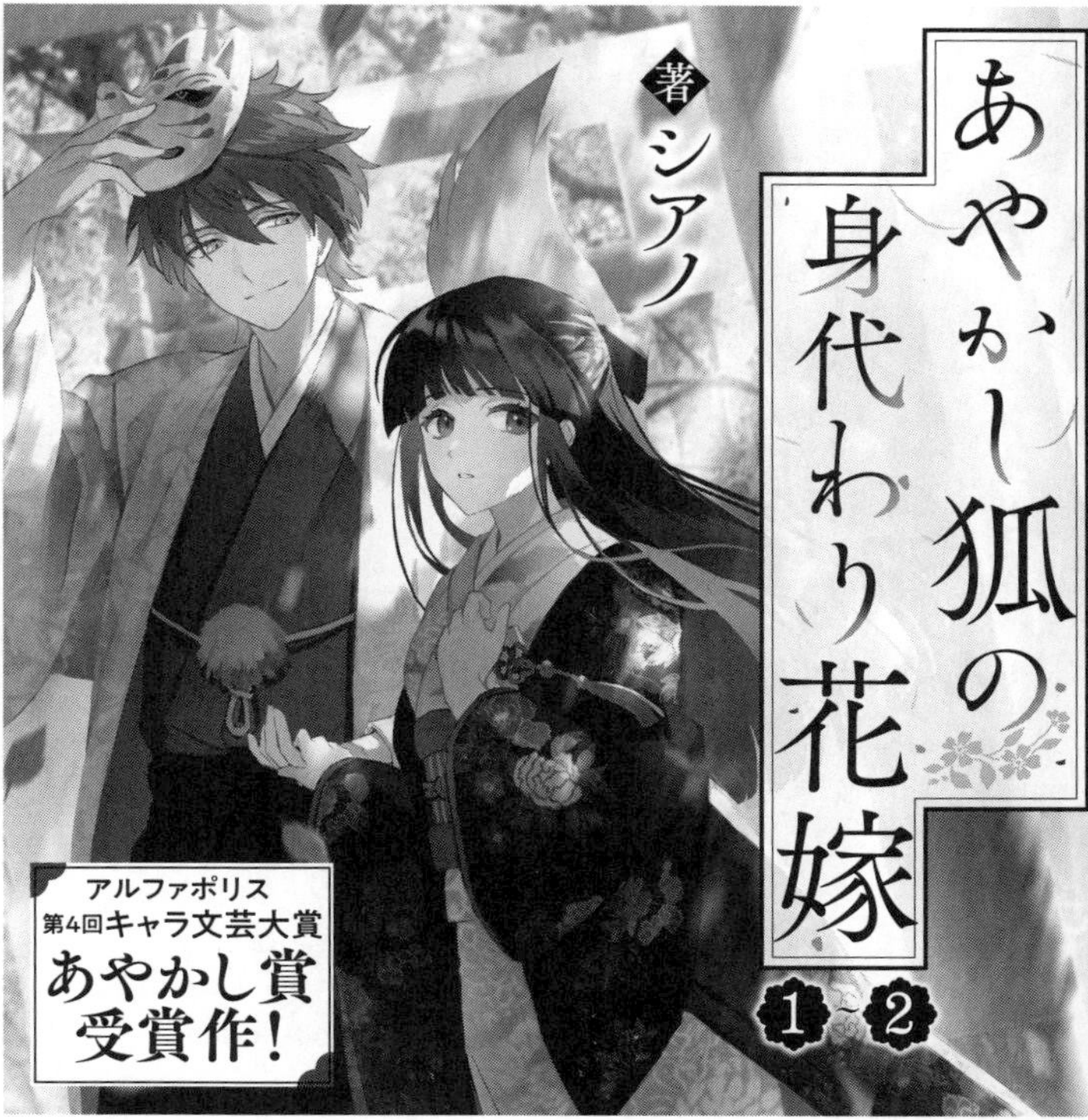

著 シアノ

あやかし狐の身代わり花嫁 1～2

アルファポリス
第4回キャラ文芸大賞
あやかし賞
受賞作！

かりそめ夫婦の 穏やかならざる新婚生活

親を亡くしたばかりの小春は、ある日、迷い込んだ黒松の林で美しい狐の嫁入りを目撃する。ところが、人間の小春を見咎めた花嫁が怒りだし、突如破談になってしまった。慌てて逃げ帰った小春だけれど、そこには厄介な親戚と——狐の花婿がいて？　尾崎玄湖と名乗った男は、借金を盾に身売りを迫る親戚から助ける代わりに、三ヶ月だけ小春に玄湖の妻のフリをするよう提案してくるが……!?　妖だらけの不思議な屋敷で、かりそめ夫婦が紡ぎ合う優しくて切ない想いの行方とは——

定価：726円（10%税込）

イラスト：ごもさわ

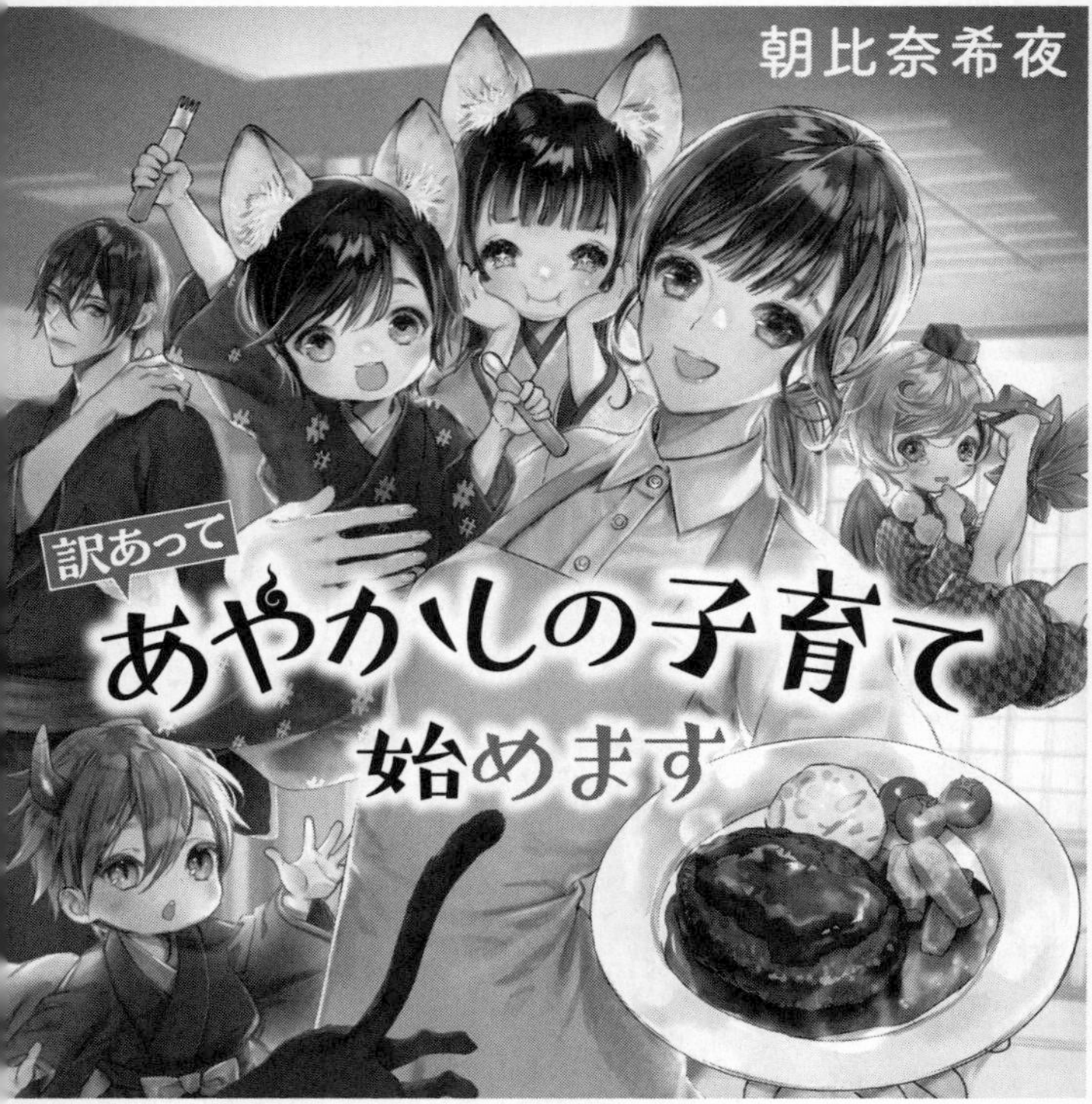

可愛い子どもたち＆イケメン和装男子との
ほっこりドタバタ住み込み生活♪

会社が倒産し、寮を追い出された美空（みそら）はとうとう貯蓄も底をつき、空腹のあまり公園で行き倒れてしまう。そこを助けてくれたのは、どこか浮世離れした着物姿の美丈夫・羅刹（らせつ）と四人の幼い子供たち。彼らに拾われて、ひょんなことから住み込みの家政婦生活が始まる。やんちゃな子供たちとのドタバタな毎日に悪戦苦闘しつつも、次第に彼らとの生活が心地よくなっていく美空。けれど実は彼らは人間ではなく、あやかしで…!?

定価：726円（10%税込み）　ISBN 978-4-434-31498-8

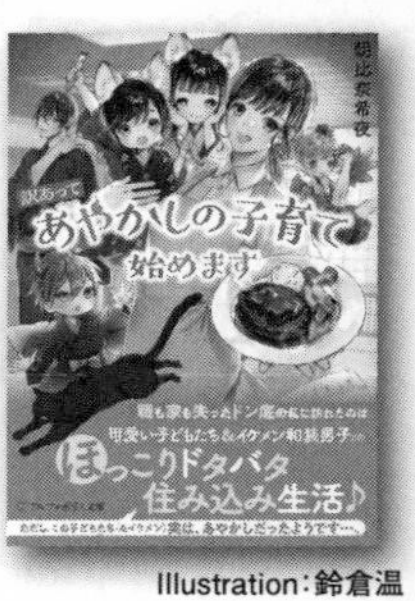

Illustration：鈴倉温

この作品に対する皆様のご意見・ご感想をお待ちしております。

おハガキ・お手紙は以下の宛先にお送りください。

【宛先】

〒 150-6008 東京都渋谷区恵比寿 4-20-3 恵比寿ｶﾞｰﾃﾞﾝﾌﾟﾚｲｽﾀﾜｰ 8F
（株）アルファポリス　書籍感想係

メールフォームでのご意見・ご感想は右のＱＲコードから、
あるいは以下のワードで検索をかけてください。

ご感想はこちらから

アルファポリス文庫

さよなら私(わたし)のドッペルゲンガー

新田 漣（にった れん）

2023年２月５日初版発行

編　集－境田 陽・森 順子
編集長－倉持真理
発行者－梶本雄介
発行所－株式会社アルファポリス
〒150-6008 東京都渋谷区恵比寿4-20-3 恵比寿ｶﾞｰﾃﾞﾝﾌﾟﾚｲｽﾀﾜｰ8F
TEL 03-6277-1601（営業）　03-6277-1602（編集）
URL https://www.alphapolis.co.jp/
発売元－株式会社星雲社（共同出版社・流通責任出版社）
〒112-0005 東京都文京区水道1-3-30
TEL 03-3868-3275
装丁イラスト－へちま
装丁デザイン－徳重 甫＋ベイブリッジ・スタジオ
印刷－中央精版印刷株式会社

価格はカバーに表示されてあります。

落丁乱丁の場合はアルファポリスまでご連絡ください。

送料は小社負担でお取り替えします。


ISBN978-4-434-31524-4 C0193